Alejandro Zambra

盆栽／木々の私生活

アレハンドロ・サンブラ　松本健二［訳］

白水社
EXLIBRIS

盆栽／木々の私生活

目次

装　丁
緒方修一

装　画
岩崎俊之

盆栽

アレリーへ

もとのままの姿なのは、小説の「十六七の少女」だけで、年月は流れた。

川端康成

痛みは刻まれ　そして摘み取られる

ゴンサロ・ミジャン

I

塊

最後に彼女は死に、彼はひとり残される。だが実際、彼女が死ぬ前、エミリアが死ぬ何年も前から、彼はひとりきりだった。彼女の名はエミリアという、あるいはエミリアといった、そして彼の名はフリオ、かつても今もそうだということにしよう。フリオとエミリア。最後にエミリアは死に、フリオは死なない。その他のことは文学だ。

最初の夜、二人が寝たのは偶然だった。スペイン語構文Ⅱの試験があり、二人ともその科目は苦手だったが、二人は若く、理屈のうえでは何もかもが可能だったので、双子のベルガラ姉妹の家にスペイン語構文Ⅱの勉強をしに行くことさえ厭わなかった。勉強に集まった学生の数は予想よりはるかに多かった。音楽をかけて勉強するのが習慣だからと言って音楽をかける者がいるかと思えば、ウォッカがないと集中できないと言ってウォッカを持ち込む者、オレンジジュースを混ぜないウォッカなど飲めたものではないと言ってオレンジを買いに行く者もいた。朝の三時には全員酔いつぶれていたので、寝ることにした。フリオはベルガラ姉妹のどちらかと夜を過ごしたかったが、早々にあきらめ、使用人部屋をエミリアとシェアすることにした。

フリオは、エミリアが授業中に質問ばかりするのが気に入らず、エミリアはエミリアで、フリオがほとんど大学に来ないくせに単位をとってしまうのを不快に思っていたが、その夜の二人は、どんなカップルでもその気になればすぐ見つけることができる感情的類似性を見出した。試験の結果が散々だったことは言うまでもない。一週間後、追試を受けるために二人はまたベルガラ姉妹の家に集まって勉強し、また一緒に寝たが、双子姉妹の両親がブエノスアイレスに旅行中だったので、今回二人が部屋をシェアする必要はそもそもなかった。

エミリアは、フリオと付き合い始める少し前、これからはスペイン人のように〈フォジャール〉しよう、誰かとセックスするとか、誰かと寝るとか、誰かとやるとか、そういうのはもうなし、ましてや〈クレアール〉するとか〈クリアール〉するなんてもってのほか、と心に決めていた。これはチリ人特有の問題よ、とエミリアはそのときフリオに、暗闇のなかで初めて出せるうちとけた雰囲気で、もちろんとても小さな声で言った。これはわたしたちチリの若者にとっての問題なの、わたしたちはセックスするには若すぎる、それで、チリでセックスしないならクレアールするかクリアールするしかないけれど、わたしはあなたとクレアールもクリアールもしたくはない、できればあなたとは、スペイン風にフォジャールしたいと思う。

この時点で、エミリアはまだスペインに行ったことがない。数年後、彼女はマドリードに住み、大いにフォジャールすることになるが、その相手はもはやフリオではなく、おもにハビエル・マルティネス、アンヘル・ガルシア＝アティエンサ、フリアン・アルブルケルケであり、さらにはたった一度だけ、しかも自分から進んでというわけではなかったが、カロリーナ・コペチというポーランド人の女友達とも寝た。いっぽう、この日の夜、この二度目の夜、フリオはエミリアの人生で二人目のセックスパートナーとなり、母親たちや心理学者たちのある種偽善的な言い方に従えばエミリアの二人目の男になり、そしてエミリアはフリオにとって初めての真剣な交際相手となった。フリオは真剣な交際を避け、女とではなく真面目さと距離を置いていた。真面目さが女と同じくらい、あるいはもっと危険であることを知っていたからだ。自分が真面目で重苦しい人生を運命づけられていることを知っていたフリオは、この深刻な宿命を執拗に捻じ曲げようと試み、そして、ついに真面目さというものが彼の人生に永久に居座ってしまうあのおぞましくも避けがたい日が訪れるのを禁欲的に待ちながら、日々を過ごしていた。

エミリアの最初のボーイフレンドは間抜けだったが、その間抜けぶりには真に迫るものがあった。彼は多くの過ちを犯し、たいていはそれを認め、修正することができたが、修正不可能な過ちというものがあり、この間抜け、すなわち最初の男は許しがたい過ちをひとつかふたつ犯した。それについては口にする価値すらない。

付き合い始めたときは二人とも十五歳だったが、エミリアが十六歳になり、十七歳になっても、間抜けのほうは十五歳のままだった。そしてそのまま、エミリアが十八歳、十九歳、二十歳になっても彼は十五歳のままで、エミリアが二十七歳、二十八歳になっても彼は十五歳のままだった。彼女が三十歳になるまで、というのも、エミリアの年齢は三十歳で止まってしまったからで、彼女がそれ以来歳を逆に数えようと決めたからではなく、三十歳になった数日後に死んでしまったからだった。そのときから彼女は死を生き始めたので、もはや二度と歳をとることはなかった。

エミリアの二人目のボーイフレンドは肌が白すぎた。彼女は彼と一緒に登山をしたり、サイクリングをしたり、ジョギングをしたり、ヨーグルトを食べたりすることを発見する。このころは特にヨーグルト漬けの日々で、エミリアにとってこれはとても重要なことだった。なぜならその直前がピスコ漬けだったからで、ピスコのコーラ割りやレモン入りのピスコ、ときにはドライの、氷抜きのピスコをストレートで呷ってばかりの長くこんがらがった夜が続いていたからだ。二人は大いにまさぐり合ったが性交には至らず、それは彼の肌があまりに白すぎたためにエミリアが不信感を抱いたからだった。といっても、彼女自身もとても色白で、短く切った髪は黒々としていたものの、ほとんど真っ白の肌をしていた。

三人目は実のところ病人だった。二人の関係がいずれ破綻することは彼女も最初からわかっていたが、それでも一年半のあいだ続き、彼はエミリアの最初のセックスパートナー、初めての男になった。彼女は十八歳、彼は二十二歳だった。

三人目と四人目のあいだに、どちらかといえば退屈まぎれに一夜限りの関係をもった相手が何人かいた。

四人目がフリオだ。

一族代々の習慣に従い、フリオへの性の手ほどきは一万ペソでイシドーラに委託された。従姉のイシドーラ、といってももちろん彼女はイシドーラという名前でもなければ、フリオの従姉でもない。一族の男たちはみな、このイシドーラの上を通り過ぎていた。まだ若く、奇跡のような尻をもち、ややロマンチストで、男たちの求めにいつでも応じてくれたが、このころはもういわゆる娼婦、本物の売春婦ではなく——彼女は常にこの事実をはっきりさせようとしていた——ある弁護士の秘書を務めていた。

フリオは十五歳のとき従姉のイシドーラを知り、その後数年間、彼がどうしてもと言い張るとき、あるいは、父の荒れた気分が和らいだときに特別なプレゼントという条件で彼女と会い続けた。その結果、父の後悔の時期として知られる時期が訪れ、その直後に父の罪悪感の時期が訪れ、そんな父の出したもっとも幸福な結論とは財布の紐を緩めることだった。あとは言うまでもない、フリオはイシドーラにますます情を傾けるようになり、いっぽうのイシドーラも、いつも黒づくめの格好をしたこの読書家の青年につかの間心が揺らぎ、ほかの客より手厚くもてなし、甘やかし、ある意味での教育を施した。

フリオは二十歳になってようやく、同じ年頃の女たちと性的な関係を意識して付き合うようになった。その成果は乏しかったが、イシドーラとの別れを決意するにはじゅうぶんだった。もちろん、イシドーラと別れることは、煙草をやめたり競馬に金をつぎ込むのをやめたりするのと同じことだった。楽ではなかったが、エミリアとのあの二度目の夜がやってくる数か月前には、フリオはすでに自分が悪習を断ち切った気がしていた。

というわけで、あの二度目の夜、エミリアは彼女のただひとりのライバルと競ったことになるが、フリオが二人を秤にかけるようなことは決してなかった。それは第一にそのような比較は不可能だからであり、エミリアが彼の人生における唯一の恋人として公式に昇格し、イシドーラのほうは、かつて喜びと苦しみをもたらした快楽の源、という程度の存在になったからでもある。フリオがエミリアに恋したとき、エミリアがもたらす喜びと苦しみ以前のあらゆる喜びと苦しみは、真の喜びと苦しみの単なる模倣と化したのだった。

フリオがエミリアについた最初の嘘は、マルセル・プルーストを読んだことがあるというものだった。読んだ本のことで嘘をつくことはあまりなかったが、あの二度目の夜、何かが始まりつつあることが、その何かがどれだけの期間続くにせよ大切なものになることが二人にわかったあの夜、フリオはくつろいだ調子の声で、ああ、プルーストは読んだことがある、十七歳の夏、キンテーロで、と言った。当時はもう誰もキンテーロで夏を過ごしたりはせず、かつてエル・ドゥラスノのビーチで知り合ったフリオの両親ですらキンテーロには行かなくなっていた。美しいが今ではルンペンたちが押しよせるあの避暑地で、十七歳のフリオは『失われた時を求めて』を腰を据えて読むため、祖父母の家を借りた。もちろんそれは嘘だ。たしかに彼は、あの夏キンテーロに行き、たくさん本を読んだが、読んだのはジャック・ケルアック、ハインリヒ・ベル、ウラジーミル・ナボコフ、トルーマン・カポーティ、そしてエンリケ・リンであって、マルセル・プルーストではない。

その同じ夜、エミリアはフリオに初めての嘘をつき、その嘘もまた、マルセル・プルーストを読んだことがあるというものだった。最初は相槌を打つだけだった。わたしもプルーストは読んだわ。だがそのあと長い沈黙が訪れ、それは居心地の悪い沈黙ではなく期待のこもった沈黙だったので、エミリアは話を続けざるをえなくなった。つい去年のことよ、五か月くらいかかった、だってほら、大学の授業で忙しくしてたから。それでも全七巻を読破してみようと思って、それがわたしの読者人生でいちばん大切な数か月になったの。

彼女はその表現、「わたしの読者人生」という表現を用い、あれは間違いなくわたしの読者人生でいちばん大切な数か月になった、と言った。

いずれにせよ、エミリアとフリオの物語には嘘より省略が多く、省略より真実が、絶対的と言われ人を不安にさせる類の真実が多い。時間が、長いとは言えないがかなりの時間が経つにつれて、二人は、あまり公にはできない欲望や野心、抑えがたい感情、短いが誇張された人生について打ち明け合った。フリオはエミリアに、フリオの精神科医しか知るべきでないようなことを打ち明け、エミリアでフリオのことを、それまでの彼女の人生を通じて下してきた決断のひとつひとつを回顧するある種の共犯者に仕立てた。たとえば、十四歳で母を憎むと決めたときのこと。フリオは彼女の話にじっと耳を傾けてから、エミリアが十四歳で下した決断は正しかった、そう決断するよりほかなかったんだから、僕だってそうしていただろう、そうだな、仮にそのとき、十四歳のときに僕たちが一緒にいたなら、僕はきっと君の味方をしただろう、と意見を述べた。

フリオとエミリアの関係は、真実だらけの、秘密の打ち明け話だらけのものであり、そうした打ち明け話はたちまち共犯関係をつくり出し、彼らはその関係を決定的なものだと思いたがった。したがってこれは、軽いようでいてやがて重くなっていく話なのだ。これは真実を好む二人の学生、真実と思える言葉を口にしたがり、延々と煙草を吸い、自分たちはほかの人々よりも――「ほか」と呼ばれるあの茫漠とした軽蔑すべき集団よりも――優れていて純粋だと思い込む連中特有の暴力的な自己満足のなかに閉じこもりたがる二人の学生の物語だ。

二人はすぐに、同じ本を読み、似たような考え方をし、互いの差異を見ないふりをすることを覚えた。二人はたちまち、これみよがしな親密さを形成した。少なくともそのころ、フリオとエミリアはある種の塊となって溶け合うことに成功した。要するに、彼らは幸せだった。それは間違いない。

Ⅱ　タンタリア

それからというもの、借りた家や、シーツにピスコサワーの匂いがついたモーテルで二人はフォジャールし続けた。彼らは一年間フォジャールし、そしてとてつもなく長かった一年、特別長かったのに二人には短く思えたその一年が過ぎると、エミリアは幼馴染のアニタと同居を始めた。

アニタは、フリオを甘やかされた暗い性格の奴だとみなして仲良くなろうとしなかったが、それでも朝食の時間は彼がそこにいるのを認めざるをえず、一度などは、フリオのことがそう嫌いでもないということをおそらく自分自身と友だちであるエミリアに証明しようとしたのか、二人がシェアしている狭くてどちらかと言えば住みにくいアパートの常連客フリオに、彼の好きな朝食のメニューである半熟ゆで卵カクテル《ウエボス・ア・ラ・コパ》をつくってやったこともあった。フリオの何をアニタが嫌がっていたのかというと、彼が友だちを変えてしまったことだった。

あなたはわたしの友だちを変えてしまった。前はあんなじゃなかったのに。

で、君はいつもそんななのか？

そんなってどんな？

だからそんな感じ。

エミリアはものわかりのよい仲介役としてあいだに入った。生き方が変わらないなら誰かと付き合う意味がある？　彼女はそう言い、フリオは彼女が次のように言ったときもその場に居合わせた。生き方を変えてくれる人、生活を壊してくれる人と出会って初めて、人生は意味をもつのよ。アニタには疑わしい説に思えたが、反論はしなかった。エミリアがそんなふうに話すときに反論するのは馬鹿げたことだと知っていたのだ。

フリオとエミリアの風変わりな趣味は、（風変わりな）セックスや（相当に風変わりな）感情面にとどまらず、言ってみれば文学についてもそうだった。特に楽しかったある夜、フリオはふざけてルベン・ダリーオの詩を朗読し、それをエミリアが脚色して茶化し、完全なセックスの詩に、喘ぎ声やオーガズムまでを含むあからさまなセックスの詩に変えてしまった。このときから、毎晩フォジャールする前にそうして声に出して――小声で――本を読むのが習慣になった。二人はマルセル・シュウォッブの『モネルの書』と三島由紀夫の『金閣寺』を読み、ちょうどいいエロティックな着想の源になることがわかった。が、いくらも経たないうちに読む本の種類はどんどん多様化していった。ペレックの『眠る男』と『物の時代』、オネッティとレイモンド・カーヴァーのさまざまな短篇、テッド・ヒューズ、トーマス・トランストロンメル、アルマンド・ウリベ、クルト・フォルシュらの詩。ニーチェやエミール・シオランの抜粋まで読んだ。

あるいい日だったか悪い日だったか、偶然が二人を、ボルヘス、ビオイ＝カサレス、シルビナ・オカンポ編『幻想文学選集』のページへと導いた。丸天井やドアのない家を思い浮かべ、口にするのもはばかられる亡霊たちの姿かたちを想起したあと、二人はマセドニオ・フェルナンデスのごく短い作品「タンタリア」にたどり着き、深く心を動かされた。

「タンタリア」は、二人を結ぶ愛のしるしに小さな植木を買って育てることにする男女の物語だ。やがて二人は、植木が枯れてしまえば、それとともに二人を結ぶ愛も失われてしまうことに気づく。そして、二人を結ぶ愛は計り知れないほど大きく、二人はいかなることがあってもこの愛を犠牲にするつもりはなかったので、その植木をほかの似たようなたくさんの植木のなかにまぎれ込ませる決心をする。やがて悲しみが、もう二度とその植木を見つけることができないという不幸が訪れる。

彼女と彼、マセドニオの作品の登場人物たちは、愛の植木を手に入れ、そして失った。エミリアとフリオ――正確に言えば登場人物ではないが、登場人物だと考えたほうがたぶん都合のいい二人――は、数か月のあいだ、フォジャールする前に本を読み、これはとても素敵なことだと彼が思い、彼女が思い、ときどき二人同時にそう思う。これってすごく素敵なことだよね、脚をからめ合うちょっと前に本を読んで内容を語り合うのは素晴らしいことだと。まるで運動するみたいだと。

フォジャールするための口実を、ほんの少しでもテクストのなかに見つけるのがいつも簡単にいくとはかぎらないが、最後には必ず、ある段落や詩行を抜き出し、それをでために引き延ばしたり捻じ曲げたりして自分たちに役立て、体を熱くさせることができる。(彼らはこの表現、「体を熱くさせる」が気に入っていたので、こう書くことにする。二人はこの表現が、それこそ体が熱くなるほどに好きだった。)

だが今回は違った。

もうマセドニオ・フェルナンデスは好きじゃない、とエミリアが、フリオの顎と口の端を撫でつつ、なぜかおずおずと言葉を選んで言った。

するとフリオ——僕もだ。楽しめたし、すごく気に入っていたけど、もう違う。マセドニオはだめだ。

彼らはとても小さな声でマセドニオの短篇を朗読していたが、そのまま小声で話し続けた。

不条理だわ、夢みたい。

現に夢だということさ。

ばかばかしいのよ。

何を言っているんだ。

何も、ただ不条理だってこと。

それが、エミリアとフリオがフォジャールする最後の機会になったはずだった。しかし、絶え間ないアニタの不平や、マセドニオの短篇がもたらしたとてつもない後味の悪さにもかかわらず、二人の関係は続いた。おそらく失望にさらに磨きをかけるべく、あるいは単に話題を変えるべく、それ以来、彼らはもっぱら古典作品に向かうようになった。世界中のあらゆるディレッタントたちが一度はそうしてきたように、彼らもまた『ボヴァリー夫人』の最初の何章かについて議論した。友人や知り合いを、それぞれシャルルかエンマかに分類し、彼ら自身が悲劇のボヴァリー夫婦と重なるかどうかを話し合った。ベッドではなんの問題もなく、それは二人ともエンマのようになろうと、エンマのようにフォジャールしようとしていたからで、彼らが思うに、エンマは間違いなくフォジャールが異様に上手だったはずであり、さらに今の時代に生きていればもっと上手にフォジャールしたはず、つまり二十世紀末のチリのサンティアゴに生きていれば、本のなかでよりもっと上手にフォジャールしていたに違いないからだった。そうした夜に、二人の部屋は、美しく非現実的な都市を自動でやみくもに突っ走る装甲車と化した。その他の世界、つまり人々は、室内で繰り広げられるそのスキャンダラスで魅惑的なロマンスの一部始終をただ妬ましげにつぶやき続けるのだ。

しかし、このほかの点に関して二人が意見の一致をみることはなかった。彼女がエンマを演じて彼がシャルルを演じているのか、あるいは、むしろ二人とも意に反してシャルルを演じているのか、彼らは決めかねていた。二人ともシャルルにはなりたくなかったし、誰だってシャルルには一瞬たりともなりたくはない。

あと五十ページを残した時点で、二人は『ボヴァリー夫人』を読むのをやめ、おそらくそのとき、今度はアントン・チェーホフの短篇集に安らぎを見出せるだろうと信じた。チェーホフは二人にとっては最悪で、奇妙なことに、次のカフカはそれよりもう少しましだったが、どう言えばいいのだろう、もうすでに手遅れだった。「タンタリア」を読んでからというもの、結末はすぐそこに見えていて、もちろん二人はその結末をより美しく、より悲しく、より思いがけないものにする場面をいくつも思い浮かべ、実際にそれを演じてもいた。

そのきっかけはプルーストだった。それぞれを『失われた時を求めて』を読んだこと――というより読んでいないこと――へ結びつけていたあの打ち明けがたい秘密のせいで、二人はプルーストを読むのを後回しにしていた。二人とも、今回一緒に読むことが、まさしく待ち望んでいた再読であるかのように装わなくてはならなかったので、特に記憶に残りそうな数多い断章のどれかにさしかかると、声を上ずらせたり、いかにも勝手知ったる場面であるかのごとく、感情あらわに見つめ合ったりした。フリオに至っては、あるとき、今度こそプルーストを本当に読んでいる気がする、とまで言ってのけ、それに対しエミリアは、かすかに悲しげに手を握って応えるのだった。

彼らは聡明だったので、有名だとわかっているエピソードは飛ばして読んだ。みんなはここで感動してるから、自分は別のここで感動しよう、と。読み始める前、念には念をということで、『失われた時を求めて』を読んだ者にとって、その読書体験を振り返ることがいかに難しいかを確かめ合った。読んだあとでもまだ読みかけのように思える類の本ね、とエミリアが言った。いつまでも再読を続けることになる類の本さ、とフリオが言った。

彼らは『スワン家のほうへ』の三七二ページ、特に次の文章のところで止まった。

何かを知ったからといって、事がふせげるものではない、しかしすくなくともわれわれは自分で知っていることを、手にはにぎっていなくても、せめて頭のなかには入れておいて、都合のいいようにならべてみるもので、そうすることによってわれわれはそのことの上にひとかどの権能をもっているように錯覚するのである。

この一節をフリオとエミリアの物語に関係づけるのは可能だが、おそらく無理があるだろう。なぜなら、プルーストの小説はこうした断章に満ち溢れているからだ。そして小説のページはまだ残っているからでもあり、この物語が続くからでもある。

あるいは続かない。

フリオとエミリアの物語は続くが、先へは進まない。

数年後、エミリアの死とともに物語は終わり、死なないフリオ、その後も死なないフリオ、まだ死んでいないフリオは、その後も生き続けるが先へは進まないことに決める。エミリアもそうだ。今のところ先に進まないことに決めるが、その後も生き続ける。数年後には、もはや生き続けることもなく、先へも進まなくなるだろう。

何かを知ったからといって、事がふせげるものではない、しかし幻想はあり、そして、さまざまな幻想の物語となってきたこの物語はこうして先へと進む。


二人とも、よく言われるように、結末がすでに書かれていることを知っていた。自分たちの結末、一緒に小説を読み、目覚めたときには毛布のあいだに本が隠れていて、マリファナを山ほど吸い、それぞれが好きないつも違う曲（たとえばエラ・フィッツジェラルド。彼らには、エラ・フィッツジェラルドを初めて聴いたと言ってもまだ許される年齢だという自覚があった）を聴く二人の悲しい若者の結末が。二人は、少なくともプルーストを読み終えること、全七巻を通読して、最後の言葉（「時」という言葉）が彼らが予期していた最後の言葉でもあることを夢見ていた。残念ながら、この読書は一か月と少し、一日に十ページの早さでしか進まなかった。彼らは三七三ページで止まり、それ以来、本は開かれたままとなった。

Ⅲ　貸したもの

最初はティモシー、お米を詰めた、なんとなく象に似た形のぬいぐるみだった。一週間後にエミリアに返すまで、アニタはそのティモシーと眠り、ティモシーと喧嘩し、食べ物を与え、風呂にまで入れた。そのころ二人は四歳。少女の親たちは、一週間おきに二人を会わせることにしていて、二人はときには土日も一緒に鬼ごっこをしたり、互いの声を真似たり、歯磨き粉を顔にぬり合ったりして過ごした。

お次は服だった。エミリアはアニタの着ていた濃い赤のスウェットを欲しがり、アニタは代わりにエミリアの着ていたスヌーピーのTシャツを欲しがり、こんなふうにして始まった二人の密接な取り引きは、年を経るにつれて混乱をきわめていった。八歳のときは折り紙の本。アニタは本の縁が少し破けた状態でエミリアに返した。十歳から十二歳までは、二週間おきに雑誌「トゥ」を買い、ミゲル・ボセー、デュラン・デュラン、アルバロ・スカラメジ、ナディエのカセットを交換した。

十四歳のとき、エミリアがアニタの口にキスし、アニタはどう反応していいかわからなかった。二人は数か月のあいだ会うのをやめた。十七歳のとき、エミリアがアニタにまたもやキスし、このときのキスは前より少し長かった。アニタは笑って、またやったら頬っぺたひっぱたくわよ、と言った。

エミリアは十七歳のとき、文学を学ぶためチリ大学に入学した。それが長年の夢だったからだ。アニタはもちろん、文学を学ぶことはエミリア長年の夢などではなく、最近デルミラ・アグスティーニを読んだことに直接帰因する気まぐれだということを知っていた。いっぽう、アニタの夢はあと二、三キロ痩せることで、もちろん、だからと言って栄養学や体育学を学ぼうとはしなかった。とりあえず英語の集中クラスに登録し、それから数年間、その英語の集中クラスに通い続けた。

エミリアとアニタは二十歳で同居を始めた。アニタはすでに六か月ひとり暮らしをしていたが、それは彼女の母親が少し前に新たな関係を築いていて、人生をゼロから再開するにふさわしいタイミング――というのが母が娘に言った言葉――だったからだ。ゼロから始めるというのは、子供抜きで始めるということ、そしておそらくその後も子供抜きでやっていくことを意味する。だが、この物語のなかではアニタの母親もアニタも重要ではなく、脇役にすぎない。重要なのはエミリアで、そのエミリアはアニタからの同居の提案を喜んで受け入れ、とりわけフリオと好きなだけフォジャールできるという可能性に心をひかれた。

アニタが妊娠に気づいたのは、友人とフリオの関係が完全に破綻する二か月前のことだった。父親——当時は「責任者」と言われていた——はカトリック大学法学部の最終年次に在籍する学生で、アニタがこの点を強調したのは、たぶんそれが自分の不注意をいくらか取りつくろってくれたからだろう。まだ知り合って間もなかったが、アニタと未来の弁護士は結婚することに決め、エミリアは式の立会人になった。披露宴でクンビアの曲に合わせて踊っているとき、新郎の友人のひとりがエミリアにキスしようとしたが、彼女はこの手の音楽は好きじゃないのと言い訳をして顔をそむけた。

二十六歳になったアニタは、すでに二人の娘の母となっていて、夫は大型車を買うという選択肢と、三人目は男の子が欲しい（「工場を閉鎖するために」と彼はおどけた口調で言ったが、このコメントにみんなが笑っていたということは、実際に笑える台詞だったのかもしれない）というぼんやりとした誘惑のあいだで揺れていた。つまり彼らはうまくやっていた。

アニタの夫はアンドレス、あるいはレオナルドといった。アンドレスということにして、レオナルドはやめておこう。エミリアが予告もなしに訪れた夜、アニタはまだ起きていて、アンドレスはうとうとしていて、二人の娘はすでに眠っていたことにしておこう。

夜の十一時になろうとしていた。アニタは少しだけ残っていたウィスキーをできるだけ公平に三等分し、アンドレスは近くの雑貨屋まで買い物に行かされた。彼は小さい袋入りのポテトチップスを三つ買って戻ってきた。

どうして大きいのを買ってこないのよ？

大きい袋は残ってなかったんだ。

じゃ、たとえば小さい袋を五つ買ってくるとか思いつかなかったの？

小さいのも五つはなかった。三つしかなかったんだ。

エミリアは、予告もなしに友人の家を訪れたのはいい考えではなかったかもしれないと思った。友人夫婦がもめているあいだ、彼女は居間の壁に掛かっている巨大なメキシコのソンブレロをじっと見つめているしかなかった。危うく帰りかけたが、彼女には急を要する事情があった。学校で、自分は結婚していると言ってしまったのだ。国語教師の仕事を得るため、既婚者だと言ってしまった。問題は、翌日の夜に同僚とのパーティーがあり、どうしても夫に同伴してもらわねばならないことだった。あれだけTシャツやレコードや本やパッド入りのブラまで貸し合った仲なんだから、旦那を貸してくれたってどうってことないわよね、とエミリアは言った。

同僚はみなミゲルに会いたがっている。そしてアンドレスは完璧にミゲルとして通じる。ミゲルは太っていて黒髪でいい人だと言ってしまったが、アンドレスは少なくとも、すごく太っていて髪も黒々としている。いい人ではない、とエミリアはもう何年も前に彼と初めて会ったときに思った。アニタも太っていてすごく美人で、というか、少なくともこれだけ太っているにしてはこれ以上ないほどの美人だ、とエミリアはいくらかうらやましく思っていた。エミリアはどちらかといえばがさつで、とても痩せていて、アニタは太っていて、きれいだった。アニタは、少しだけなら夫を貸してもいいと言った。

ちゃんと返してくれるならだけど。

それは心配ないわ。

アンドレスが袋からポテトチップスの最後のかけらをつまもうとしているあいだ、二人は大いに笑った。十代のころは、二人とも男に関してとても注意深かった。何かに巻き込まれそうになると必ず、エミリアはアニタに、アニタはエミリアに電話をかけ、決まって同じ質問を相手にするのだった。あいつのことが気に入らないって本当？　本当よ、関わっちゃだめだからね。

アンドレスは、最初のうち気乗りしない様子だったが、もしかすると楽しいことになるかもしれないな、と最後には引き受けた。

ラムのコーラ割りをなぜキューバ・リブレというか知ってる？

知らない、と少し疲れたエミリアは、こんなパーティーは早く終わってほしいと強く思いつつ答えた。

本当に知らないの？　簡単なのに。ラムはキューバ産、コカコーラは米国産、つまり自由、ってこと。わかる？

別の説もあるけど。

どんな説？

知ってたけど忘れた。

アンドレスはこの種の小話をもういくつも披露していたので、彼を耐えがたい男だと思わないほうが難しくなっていた。エミリアの同僚に芝居だと気づかれないよう気を遣うあまり、アンドレスは彼女に黙っておけと命令までした。ということは、夫というのは妻を黙らせるものなんだ、とそのときエミリアは思った。アンドレスはアニタが黙るべきと思ったら彼女を黙らせる。それなら、ミゲルは妻が黙るべきと思ったら彼女を黙らせて当然だわ。そしてわたしはミゲルの妻なのだから黙るべきなんだ。

というので、エミリアはそれから一晩中黙ったままでいた。今や彼女がミゲルと結婚していることを誰も疑わなくなったばかりか、彼ら夫婦の危機にも、たとえば二週間後、突然の、しかしもっともな離婚にも同僚たちはそれほど驚くことはないだろう。それっきり、電話も共通の友人も何もなくなる。ミゲルを抹消するのは簡単だ。きっぱり別れてやったの、と同僚たちに言っている自分の姿を彼女は思い浮かべた。

アンドレスは車を停め、とても楽しいパーティーだった、実際、これからもああいう集いに参加したっていっこうにかまわない、などとエミリアに話すことでその夜の仕上げをする必要があると考えた。いい人たちだね、君のそのコバルト色のドレス姿は素敵だよ。

ドレスの色はターコイズブルーだったが、彼女はそこを正そうとはしなかった。二人はエミリアのアパートの前にいて、まだ時刻は早かった。彼はひどく酔っていて、彼女もずいぶん飲んでいて、たぶんそのせいだろう、不意にアンドレスが――ミゲルが――そんなふうにたどたどしく話す姿もそれほど悪くはないように思えてきた。だがその考えは、隣の席にいるでっぷりしたその男が自分に挿入している姿を想像した瞬間、ぶつりと断ち切られた。なんて気色悪い、とエミリアが思ったちょうどそのとき、アンドレスが必要以上に身を寄せてきて、左手をエミリアの右の太ももの上に乗せた。

彼女は車を降りようとしたが、彼はそれを認めなかった。あなた酔ってるわよ、と彼女が言うと、彼は、違う、アルコールのせいじゃない、ずっと前から君を違う目で見ていたんだと言った。信じがたいことだが、彼は本当にそう言った。「ずっと前から君を違う目で見ていたんだ」。彼は彼女にキスしようとしたが、彼女は彼の口元をぶん殴ってそれに応じた。アンドレスの口から血が、大量の血が、あふれるような血が流れ出した。

この一件のあと、二人の友だちはしばらくのあいだ会わなかった。アニタは、何があったのかをはっきり知ることはなかったものの、何かがあったことは感じ取り、その何かが最初は気に食わなかったが、そのうちにどうでもよくなった。というのも、彼女にとってアンドレスはだんだんどうでもよい存在になってきたからだ。

車も、息子であろうと娘であろうと三人目の子供もなく、あったのは二年間の計算された沈黙ときわめて穏便にすまされた離婚で、そのためアンドレスは次第に自分のことをすばらしい元夫だと思い込むまでになった。娘たちは二週間おきに父の家に泊まり、また一月いっぱいをマイテンシージョで父と過ごした。アニタは一度、娘たちのいないそんな夏のあいだを利用して、エミリアを訪ねることにした。例の罪深い母親から、旅をするならお金を出すと何度ももちかけられていて、幼い娘たちから遠く離れることに抵抗はあったが、結局好奇心に負けた。

彼女はマドリードへ行ったが、マドリードに行ったのではない。消息がまったく知れずにいたエミリアを探しに行ったのだ。サリトレ通りの住所と、アニタには不思議なほど長く思えた電話番号を突き止めるのにはずいぶん骨が折れた。バラハス空港に着くとすぐその番号をダイヤルしかけたが、昔を思い出して不意打ちをしかけようという子供じみた考えが浮かんでやめた。

マドリードは、少なくともアニタにとって、つまり地下鉄の出口で何かを企んでいたモロッコ人の男たちを避けて通らねばならなかったその日の朝のアニタにとって、美しい都市ではなかった。その男たちは本当はエクアドル人とコロンビア人だったが、彼女はモロッコ人には一度も会ったことがないのに、彼らのことをモロッコ人だと思ったわけで、それは最近テレビで誰かが、モロッコ人はスペインの大問題になっていると言っていたのを思い出したからだった。マドリードは彼女の目に威嚇的で敵意に満ちた都市に映り、メモしてきた住所を尋ねるのに信用できそうな人を探すのにも苦労した。地下鉄駅を出てから幾度も曖昧な会話を交わしたのち、アニタはようやくエミリアの前に立った。

また黒い服を着るようになったのね、というのがアニタが最初に口にした台詞だった。しかし、彼女が最初に言ったことは彼女が最初に思ったことではなかった。実際には、エミリアを見たときいろいろなことを思った。不細工な顔、なんて暗い表情、ヤク中みたい。自分はきっとここに来るべきではなかったのだと悟った。彼女はエミリアの眉、エミリアの目をじっと観察した。その家を蔑むような目で吟味した。そこはアパートの小さな一室で、荒れ放題で、不条理で、住人は多すぎた。彼女は、エミリアがこれから言うことを聞きたくない、いずれにせよ聞く羽目になると思われることを知りたくないと思った、というより感じた。どうしてこの地区には至るところに糞が転がっているのか、こんなにも糞だらけで、みんな陰険な眼差しをしていて、気味の悪い若者たち、ずた袋を引きずっている太ったおばさんや、ずた袋を引きずってはいないけれど歩くのがすごくのろい太ったおばさんがうようよしている、こんな街にどうしてあなたが住むことになったのか、わたしはいっさい知りたくない。彼女はもう一度エミリアの眉をしげしげと眺めた。エミリアの眉については何も言わずにいたほうがいいと判断した。

また黒い服を着るようになったのね、エミリア。

アニタ、あなたは変わってない。

エミリアのほうはちゃんと最初に思ったことを言った。あなたは変わってない、と。変わってない、昔のままね、いつものあなただわ。わたしは今もこのとおり、ずっとこんなだったし、今これから話してあげられると思うけど、マドリードに来てからはこんな感じになったの、すっかりこんな感じに。

友人の懸念を感じ取ったエミリアは、アニタに、同居している二人は貧しいホモなのだと教えてやった。このへんのホモはいい身なりをしているんだけど、と彼女は言った。でもわたしと暮らしてるこの二人は、あいにく本当の一文無しなの。アニタはそこに泊まりたくなかった。二人は一緒に安い宿を探し、時間をかけてじっくり話をしたと言えるかもしれないが、たぶんそれは違うだろう。二人が昔のように話をしたと言うのは適切でない、なぜなら昔は信頼感があったが、このとき二人を結びつけていたのはむしろ、居心地の悪さ、罪深き親密さ、恥ずかしさ、むなしさだったからだ。もう日も暮れようかというころ、アニタは頭のなかでそそくさと計算を済ませてから、所持金のほぼ全額である四万ペセタを取り出した。それをエミリアに渡すと、彼女は断るどころか心から感謝して微笑んだ。アニタには懐かしい笑顔で、その笑顔によって二秒ほど二人は結ばれたが、すぐにまた離れ離れになり、そして互いの顔を見つめ、一人は、相手が週の残りを旅行者らしく美術館やザラでの買い物やシロップのかかったケーキなどに費やしてくれることを願い、そしてもう一人は、エミリアが四万ペセタを何に使うのかこれ以上考えないことにしようと心に誓った。

Ⅳ　残ったもの

ガスムリのことはどうでもいい、重要なのはフリオだ。ガスムリは、チリの現代史を扱ったシリーズをなす小説を六、七冊出版している。ほとんど誰も理解できない内容だったが、おそらくフリオだけがそれをすべて読み、何度も読み返している。

ガスムリとフリオは、どのようにして付き合うに至るか？

付き合うというのは言いすぎだろうか。

しかしそうなのだ。一月のある土曜日、ガスムリは、プロビデンシア地区のカフェでフリオを待つ。彼は最新の小説を書き上げたところだ。コロン印のノート五冊分、すべて手書きだ。手書き原稿の清書作業はいつもならば妻の役割だが、今回、彼女はやりたくない、飽きたのだ。彼女はガスムリに飽きていて、何週間も彼と口をきいていないので、ガスムリは憔悴し、放心した顔をしている。が、ガスムリの妻のことはどうでもよく、ガスムリ本人についてもほとんどどうでもいい。そこで、この老人は友人のナタリアに電話をかけ、友人のナタリアは、自分は原稿の清書をするには忙しすぎると言うが、フリオのことを推薦する。

君は手書き派か？　近ごろは誰も手で書かなくなっているが、とフリオの返事も待たずにガスムリが指摘する。だがフリオは答える。いいえ、ほとんどパソコンを使います、と言う。

ガスムリ――では私の言っとることはわかるまい、君は脈動というものを知らん。紙に書くと脈動が伝わる、鉛筆の音だ。肘と手と鉛筆のあいだの奇妙なバランス。

フリオは話すが、その声は聞こえない。誰かが声のボリュームを上げてやらねばならないだろう。いっぽう、ガスムリのしわがれた力強い声は朗々と響き渡り、きちんと伝わる。

君は小説を書いてるのか？　例の今はやりの、四十ページくらいの短い章でできたやつを。

フリオ――いいえ。そして何か言うためにこう付け加える――僕に小説を書けと勧めているのですか？

なんて質問だ。君には何も勧めとらん、私は人に何かを勧めたりしない。わざわざ君に助言するためにこのカフェで待ち合わせをしたとでも思ってるのか？


ガスムリと話すのは難しい、とフリオは思う。難しいが、楽しい。たちまちガスムリはわき目も振らずひとりで話し始める。政治と文学におけるさまざまな陰謀について語り、とりわけある考えを強調する。死化粧師どもには気をつけるべきだ。君だって本当は私の死化粧をしたいに決まっとる。君のような若者どもが年寄りに近づくのは、我々が歳をとっているのがいいからなのだ。若さというのはハンディキャップであって長所などではない。これは君も知っておくべきだろうな。私は若いころ自分は不利だと感じていたし、それは今も変わらん。歳をとっているというのもまたハンディキャップなのだ。我々年寄りは弱々しく、若者の媚びへつらいを必要とするだけでなく、心の底では若者の血を必要としている。年寄りは、小説を書こうが書くまいが、大量の血を必要とするのだ。そして君は大量の血をもっている。よくよく見ると、君が腐るほどもっているのは血だけだな。

フリオはどう答えていいかわからない。ガスムリの長い笑い声、今言ったことの少なくとも一部は冗談だということが伝わるその笑い声に救われる。そしてフリオは彼と一緒になって笑う。そこにいること、脇役として働くことが可笑しく思える。できるだけその役でい続けたいが、その役でい続けるには間違いなく何かを、自分に重要性をもたせてくれる何かを言わねばならない。たとえば笑える小話。ところが笑える小話がまったく思い浮かばない。彼は何も言わない。言うのはガスムリだ。

この角で、これから君に清書してもらう小説にとって実に重要なあることが起きるのだ。だからここで会う約束をした。小説の結末にかけて、ちょうどこの角である重要なことが起きる、ここは重要な角だぞ。君はいくらでこの仕事を引き受けるつもりか？

フリオ――十万ペソでどうですか？

実は、フリオはただで働いてもいいとすら思っているが、もちろん金に余裕があるわけではない。彼には、ガスムリと一緒にコーヒーを飲み、黒煙草を吸うのが特権的なことに思える。彼は十万という数字を、その前におはようございますと言ったのと同じく機械的に言った。そして話を聞き続け、ガスムリの勢いにややたじろぎ、ひたすら相槌を打つのだが、彼としてはむしろそうやって相手の話を聞き尽くし、情報を吸収し、今は情報で頭をいっぱいにしておきたい。

これは私のいちばん個人的な小説になるだろうな。以前のものとはかなり違う。少しまとめるとこうだ。彼は若いころ付き合っていた彼女が死んだことを知る。朝、いつものようにラジオをつけると、お悔やみのコーナーで彼女の名が告げられている。二つの名前と二つの苗字。そこからすべてが始まる。

すべてとは？

すべてだ、文字どおりすべて。では、決めたらすぐ電話する。

で、続きはどうなるんです？

どうもならん、お決まりの成り行きだ。つまり最後はすべてがだめになる。では、決めたらすぐ電話する。

フリオは見るからに困惑した顔で家路につく。十万ペソを要求したのはたぶん間違いだったが、それがガスムリのような人物にとって大金であるかもよくわからない。もちろん金は要る。彼は週に二日、ある右翼のインテリの娘にラテン語の個人授業をしている。その報酬と、父からもらったクレジットカードの残額が、彼の全収入だ。

彼はイタリア広場のアパートの地下に住んでいる。暑さで頭がぼうっとすると、窓の向こうを通る人々の靴をしばらく眺める。その日の午後、鍵を回す直前、隣の部屋に住んでいるレズビアンのマリアが帰ってくるのに気がつく。彼女の靴、彼女のサンダルが見える。そして彼は待ち、彼女の歩数と守衛への挨拶の時間を計算し、近くまで来た気配を感じたところで、あらためて鍵を開ける作業にとりかかる。鍵が見つからないふりをするが、彼のキーホルダーに鍵は二つしかない。どれもはまらないな、と大声で言いながら、ちらりと横目で様子をうかがい、そして何かがかろうじて見える。彼女の長く白い髪、そのせいで顔が実際よりも浅黒く見える白い髪が見える。二人は前に一度、セベーロ・サルドゥイについて話をしたことがある。彼女は特に読書家というわけではないが、セベーロ・サルドゥイの作品にはとても詳しい。歳は四十か四十五、ひとり暮らしで、セベーロ・サルドゥイの愛読者。ということは、二たす二が四であるのと同じく、マリアはレズビアンなのだ、とフリオは思っている。フリオもセベーロ・サルドゥイは好きで、特に彼のエッセイが好きなので、ゲイやレズビアンとの話題にはいつも事欠かない。

その日の午後、滅多に着ないワンピースを着たマリアは、いつもより地味に見える。フリオはそのことを彼女に伝えそうになるが思いとどまり、その種のコメントはたぶん彼女の気分を害するだろうと思う。ガスムリとの面談のことを忘れようと、彼はマリアにコーヒーを飲んでいかないかと誘う。二人はサルドゥイについて、『コブラ』について、『コクーヨ』について、『ビッグバン』について、『肉体に描かれたもの』について話す。だが、これは初めてのことだが、隣近所の人々について、政治について、変わったサラダについて、歯の美白剤について、ビタミン剤について、彼女がフリオにもいつか試してほしいという胡桃のソースについても話す。やがて話題が尽きる瞬間が訪れ、それぞれ自分の活動に戻らざるをえない雰囲気になる。マリアは英語教師だが、家ではソフトウェアや音響機器のマニュアル翻訳の仕事をしている。彼はついさっきいい仕事を、小説家ガスムリとの面白い仕事を得たことを彼女に語る。

読んだことはないけれど、いい作家らしいわね。バルセロナにいる兄が彼と知り合いなの。どちらも亡命してたんだと思う。

するとフリオ――明日からガスムリと仕事を始めるんだ。彼は新作の原稿を清書する人間を探していてね、というのも彼は手書き派で、パソコンが嫌いなんだ。

で、小説のタイトルは？

彼はタイトルについて僕と話し合いたい、議論したいと思っている。ある男がラジオで、若いころの恋人が死んだことを知る。そこからすべてが始まるんだ、文字どおりすべてが。

それでどうなるの？

彼は彼女のことを忘れなかった、深い愛だったんだ。二人は若いころ、小さな植木を育てていた。

小さな植木？　盆栽？

そう、盆栽。二人は、自分たちを結ぶ深い愛のしるしに盆栽を買うことにする。そのあとすべてがだめになるが、彼は彼女のことを決して忘れない。自分の人生を生き、子供をもち、離婚するが、彼女のことは忘れなかった。ある日、彼は彼女が死んだことを知る。そこで彼は彼女にオマージュを捧げることにする。そのオマージュがいったい何なのかはまだわからない。


ワイン二本、そしてセックス。部屋のなかは薄暗いのに、急に彼女の細かい皺がはっきりと見えてくる。いっぽう、フリオの動作はのろく、フリオが迷っていることに気づいたマリアは少しペースを早める。大きな震えが少しおさまり、今度はむしろ骨盤どうしのゲームを自然に導く、リズミカルで抑制のきいたとすら言える振動となる。

つかの間、フリオはマリアの白い髪に視線をとめる。上質だがほどけかけた、とても脆い布のようだ。愛をこめてそっと撫でてやらねばならない布。だが愛をこめてそっと撫でるのは難しい。フリオとしては、手を彼女の上半身に沿って下ろしてワンピースをまくりあげたい。彼女はフリオの耳を撫で、鼻の形を確かめ、もみあげをいじくる。フリオは、男が吸うように彼女の体を吸うのではなく、彼女が思い浮かべていると彼が考えるその女が吸うように彼女の体を吸わねばならないと思う。だがマリアがフリオの思考を遮る。さっさと入れてよね、と彼女は言う。

午前八時に電話が鳴る。プラネタ社のシルビア君が、四万ペソで清書してくれることになった、とガスムリの声が言う。すまんな。

ガスムリのそっけなさに彼の心は乱れる。日曜日の午前八時、彼はその電話で目を覚ましたばかりで、隣で寝ているレズビアン、あるいは非レズビアン、あるいは元レズビアンが伸びをし始める。ガスムリは彼に仕事を頼むのをやめ、プラネタ社のシルビア嬢が四万ペソで同じ仕事を引き受けることになった。マリアはまだ、今のは誰からの電話だったかとか、今何時かとか尋ねるほどには目が覚めていなかったのだが、それでもフリオは答える。

ガスムリからだ、早起きが習慣なのか、それかすごく焦っているみたいだ。今日の午後から『盆栽』の清書を始めようと言っている。そう、それがタイトルだ。『盆栽』。

そこから先は、なんというか、ロマンスのようなものになる。彼女がマドリードに行ってしまうまでの一年未満続くロマンス。マリアはマドリードに行く、それは行かねばならないからだが、何よりも留まる理由がないからだ。お前の女はみんなマドリードに行ってしまうんだな、と、フリオにつまらない友だちがいればきっとそう言っていたことだろうが、フリオにつまらない友だちはいないし、彼はつまらない友情にはとても用心して今に至っている。結局のところ、この物語で彼女は重要ではない。重要なのはフリオである。

彼は彼女のことを決して忘れなかった、とフリオは言う。自分の人生を生き、子供やいろいろなものをもち、離婚するが、彼女のことは忘れなかった。彼女は君と同じく翻訳家だったが、日本語が専門だった。彼と彼女は、何年も前に日本語を習っているときに知り合った。彼女が死ぬと、彼は、彼女を思い出すいちばんの方法はもう一度盆栽をつくることだと考える。

で、それを買うわけ？

いや、今度は買わない、つくるんだ。入門書を買い、専門家に相談し、種をまき、半ばのめりこんでしまう。

変な話ね、とマリアが言う。

ああ、でもガスムリの書き方はとても上手いんだ。僕が説明すると妙な話に聞こえるし、メロドラマっぽくも思える。でもガスムリはそれに形を与える術をちゃんとわきまえている。

ガスムリとの最初の空想上の打ち合わせは、その日曜日に行なわれる。フリオはコロン印のノートを四冊買い、フォレスタル公園のベンチで午後いっぱいを書いて過ごす。他人の筆跡を真似て猛烈に書きなぐる。その夜も『盆栽』の執筆を続け、月曜の朝には小説の一冊目のノートを終える。いくつかの段落を書き損じ、コーヒーをこぼし、紙の上に煙草の灰の痕をつけたりもする。

そしてマリアに向かって——これは作者にとって最大の試練なんだ。『盆栽』では、実のところ何も起こらない、あらすじといえば二ページの短篇が書ける程度で、それもたぶんあまり出来のよくなさそうな短篇だ。

で、登場人物はなんて名前？

主人公たちのことかい？　ガスムリは名前をつけなかった。彼はそのほうがいいと言っていて、僕も同感だ。彼と彼女、ワチョとポチョーチャ、彼らに名前はないし、おそらく顔もない。主人公が王様でも乞食でも同じことなんだ。心から愛した女性に去られる王様か乞食だ。

で、その彼は日本語を話せるようになった？

二人は日本語教室で知り合った。実はその答は僕もまだ知らない、それは二冊目のノートに書いてあるんだと思う。

続く数か月のあいだ、フリオは午前中をガスムリの字を真似ることに費やし、午後になるとパソコンの前に座って、もはや他人のものなのか自分のものなのかもよくわからない、しかし最後まで書き終えることを、少なくとも最後まで想像し終えることを決めたその小説をパソコンに打ち込んでいく。その最終稿はマリアへの完璧なはなむけ、あるいは彼女に渡すことのできる唯一の贈り物になると彼は思っている。そして実際そのとおりにする。すなわち原稿を書き上げ、それをマリアに贈る。

彼女が旅立ってから数日間、フリオは緊急のメールをいくつも書き始めるが、それらは数週間、下書きフォルダで座礁したままになる。最終的に、彼は次のメールを送ることに決める。

君のことをよく思い出していた。だけどごめん、メールを書く時間がなかったんだ。無事に着いていることを願うよ。

ガスムリは僕と仕事を続けたがっているが、詳しいことは教えてくれない。次の小説じゃないかな。実を言うと、彼の優柔不断や咳や咳払いや理屈にこのまま我慢し続けたいのか自分でもわからない。ラテン語の家庭教師はやめたままだ。今話せるのはこれくらいかな。例の小説は来週出版される。最後になってガスムリはタイトルを『残ったもの』に決めた。あまりいいタイトルとは思えないから、ガスムリには少し腹を立てているんだけど、なんだかんだ言って作者は彼だから。

元気で、J

フリオは、ガスムリの本物の小説『残ったもの』の刊行記念イベントに立ち会うため、恐る恐る、そして頭がこんがらがったまま、国立図書館に向かう。ホールのいちばん後ろから、著者がときどき頷いて、イベントの司会を務める批評家エベンスペルヘルの意見に同意してみせるのが見える。批評家は両手をさかんにふって、その小説に心から興味があることを示そうとしている。いっぽう、女性編集者は聴衆の反応をあからさまにじろじろと観察している。

フリオはイベントの話をうわの空で聴く。エベンスペルヘル教授は、文学的な大胆さと芸術的な妥協のなさに言及し、話のついでにリルケの本を思い起こし、ヴァルター・ベンヤミンの考えを借用し（その借りを告白することなく）、彼によると『残ったもの』における葛藤を完璧に要約しているというエンリケ・リン（彼は単にエンリケと呼ぶ）の詩を

連想する。《重篤の男が／生きている証としてマスをかく》

女性編集者が割って入る前にフリオはホールをあとにし、プロビデンシア地区に向かって歩き始める。三十分後、ほとんど自分でも気づかぬうちに、ガスムリと最初に会ったカフェにたどり着いている。彼はそこで、何か重要なことが起きるのを待つことにする。待つあいだ煙草を吸う。コーヒーを飲み、煙草を吸う。

V　二枚の絵

彼女は逆走し、交通を妨げて死んだ。

シコ・ブアルキ

この物語の結末は我々に希望を与えるべきであろうが、希望を与えてはくれない。とりわけ長く感じられるある午後、フリオは二枚の絵を書き始めることにする。一枚目には、マリアだがエミリアでもある女が現われる。エミリアの黒い、ほとんど真っ黒の目、そしてマリアの白い髪。マリアの尻、エミリアの太もも、マリアの両足。右翼のインテリの娘の背中。エミリアの頬、マリアの鼻、マリアの唇。エミリアの上半身と薄っぺらな胸。エミリアの恥部。

二枚目の絵は、理屈からすると一枚目よりも簡単だが、フリオにはとてつもなく難しいものとなり、デッサンに何週間もかかった末、ようやく望んでいたイメージにたどりつく。

断崖に生える木だ。

フリオは二つの絵を、まるで現像したばかりの写真のようにバスルームの鏡の前につるす。そうして二枚の絵で鏡全体が覆われる格好となる。フリオは自分が描いた女性に名前をつける気になれない。彼はそれを彼女と呼ぶ。彼の彼女、それでじゅうぶんだ。そして

彼女に物語を、書くことのない物語を、わざわざ書くまでもない物語を聞かせる。

父と母が金をくれないので、フリオはイタリア広場の歩道で露店を始めることにする。商売は軌道に乗り、早くも一週間で蔵書のおよそ半数が売れる。特に高く売れたのはオクタビオ・パスの詩集（『オクタビオ・パス傑作集』）、ウンガレッティの詩集（『ある男の生涯』）、それとネルーダ全詩集の古い版。ほかに手放したのはエスパサ・カルペ社の引用句辞典、クラウディオ・ヒアコーニのゴーゴリに関する評論、一度も読んでいないクリスティーナ・ペリ＝ロッシの小説二冊、そして最後にゴンサレス・ベラの『アルウエ』とヴァレリー・ラルボーの『フェルミナ・マルケス』、この二冊の小説はたしかに読んだし、何度も読んだが、もう二度と読むことはないだろう。

彼はこうして得た金の一部を、盆栽に関する情報収集に充てる。入門書と専門誌を買い、几帳面な貪欲さでもって読解する。おそらくもっとも役に立たないが、愛好家にはもっとも適した入門書の一冊は、こんなふうに始まっている。

盆栽とは、木を縮小サイズで芸術的に表現したものである。それは生きた木と器という二つの要素からなる。二つの要素には調和が求められ、木に適した鉢の選択は、それ自体でひとつの芸術形式である。植えるのはつる植物でも灌木でも樹木でもよいが、当然ながらすべて木とみなされる。器は通常、鉢か趣のある岩石である。盆栽が「盆栽の木」と呼ばれることは決してない。「盆栽」という語が生きた要素をすでに含んでいる。鉢をとってしまえば、その木はもはや盆栽ではない。

フリオは、岩石に趣があると見なされうることが気に入って、またこの段落中のいろいろな説明がすべて的を射ているように思えて、この定義を暗記する。「木に適した鉢の選択は、それ自体でひとつの芸術形式である」と頭のなかで思い、その言葉を繰り返し、とうとうその言葉のなかに本質的な情報があると確信するに至る。そのとき『盆栽』のことを、彼のあの即席の小説、主人公が、鉢の選択はそれ自体でひとつの芸術形式であることさえ知らず、「盆栽」という語が生きた要素をすでに含んでいるので、盆栽は「盆栽の木」とは言えないということも知らない、あの不必要な小説のことを恥じる。

盆栽の世話をすることはものを書くことに似ている、とフリオは考える。ものを書くことは盆栽の世話をすることに似ている、とフリオは考える。

午前中、彼は気が進まないながら安定した仕事を探す。午後の半ばに帰宅し、軽く食事をしてから、入門書の確認作業に精を出す。到達地点がかすかに見えたと感じてからは、できるかぎり体系的に理解することを目指す。眠気に負けてしまうまで読む。盆栽によく見られる病気、葉への霧吹き、剪定、針金のかけ方などについて読む。最後は種と道具を取り寄せる。

そしてつくる。彼は盆栽をつくる。

女、若い女。

マリアがエミリアについて知りえたのはそれがすべてだ。死んだのは女だ、若い女だ、と誰かがマリアの背後で言う。若い女がアントン・マルティン駅の地下鉄に身を投げた。一瞬、マリアは事故現場に近寄ってみようと思うが、すぐにその衝動を抑える。その自殺したばかりの若い女の顔を想像しながら、地下鉄の駅を出る。かつては今より悲しい人間ではなかった自分のことを、今よりもっと必死だった彼女自身のことを考える。チリの、チリのサンティアゴの家のことを思い、その家の庭のことを思う。花も木もない庭だけど、それでも――と彼女は思う――庭と呼ばれる権利がある庭、だって庭だから、間違いなく庭だから。ビオレタ・パラの歌、《私の庭の花たちが／看護婦になってくれるはず》を思い出す。フエンテタハ書店に向かって歩き出す。その日の午後、求婚者とフエンテタハ書店で落ち合う約束をしていたからだ。求婚者の名前は重要ではないが、ただ道中、彼女はふと彼のことや、書店のこと、モンテラ通りの娼婦たち、それとは関係のないほかの通りのほかの娼婦たち、ある映画のこと、五、六年前に見たある映画のタイトルのことなどを考える。こうして彼女はエミリアの物語から、この物語から気を逸らしていく。マリアはフエンテタハ書店へ向かう途中で姿を消す。彼女はエミリアの死体から遠ざかり、この物語から永久に消えていく。

彼女は行ってしまった。
ただひとり、地下鉄の運行を妨げて、エミリアだけが残される。

エミリアの死体からはるか遠くの向こう側、こちら側、チリのサンティアゴでは、アニタが母のすでにお決まりとなった打ち明け話にまたもや耳を傾け、その果てしなく続くかに思える母の夫婦間の問題について、まるで我がことのように腹を立て、共感しながら、また他人事であることにいくらか安堵しつつ、分析を加えている。
いっぽう、アンドレスは気が立っている。十分後に健康診断が始まることになっていて、病気の兆候はまったくないのだが、突然、数日後に恐ろしい診断結果を受け取るのは明らかであるような気がしてくる。そのとき彼は娘たちのこと、アニタのこと、そして誰かほかの人、誰かを思い出すべきでないときでも常に思い出してしまう別の女性のことを考える。ちょうどそのとき、満足そうな表情を浮かべたひとりの老人が、ポケットの煙草か小銭を手で探りながら、一歩一歩数えるようにして歩いて出てくるのが見える。アンドレスは自分の番が来たことを理解する。いつもの血液検査に、いつものレントゲン検査、そしてすぐに、たぶん、いつものCTスキャン。診察室から出てきたばかりの老人はガスムリだ。二人は挨拶をしない。二人は面識がないし、今後も知り合うことはないだろう。ガスムリはまだ死なないと知って、幸せな気持ちだ。私はまだ死なない、自分が死なないと知ることほど気持ちのいいことはないな、と思いつつ診療所から遠ざかる。これでまた命拾いしたわい、と彼は思う。

エミリアが死んだあとの世界での最初の夜、フリオはなかなか眠れないが、そのころはもう不安で眠れないことに慣れている。彼は何か月も前から、盆栽が完璧な形状へ、彼が予見した穏やかで崇高な形状へ向かう瞬間を待ちわびている。

木は針金に導かれるままに伸びる。二、三年後には、ついに絵とそっくりな姿になっているに違いない、とフリオは心のなかでもくろんでいる。その夜、四度目か五度目に目が覚めたときも、彼は盆栽を観察する。観察と観察のあいだに、砂漠か海岸の夢を見る。そこは砂のある場所で、三人の人物がまるで休暇中であるかのように、あるいは、まるで日光浴の最中にいつの間にか死んでいたかのように、太陽か空のほうを眺めている。突然、紫色の熊が現われる。とても大きな熊が、のっそりと重々しく彼らの体に近づき、そのまゆっくり彼らの周りを歩き始め、ついには一周する。

フリオの物語を終えたいが、フリオの物語は終わらない、それが問題だ。

フリオの物語は終わらない、というかこんなふうに終わる。

フリオは、一年か一年半遅れてようやくエミリアの自殺を知る。その知らせは、ブスタマンテ公園で開催された児童書フェアに、アニタと娘たちと一緒にやってきたアンドレスによってもたらされる。フリオはレクレア社のブースで店番をしている。報酬は少ないが簡単な仕事だ。フリオは嬉しそうだ。というのもフェアはもう最終日で、明日からまた盆栽の世話に専念できるからだ。アニタとの再会は誤解含みだ。最初、フリオは彼女に気づかないが、アニタのほうは、彼が知らないふりをしていて、気づいてはいるけれど鉢合わせするのが嫌なのだと思う。彼女はやや不快に思いながら自分の名を明かし、そのついでに、フリオがエミリアとの関係の最後の日々か最後の数ページにおいてなんとなく知り合っていたアンドレスと離婚して何年も経つことを説明する。フリオは不器用にも会話を続けようとし、詳しく聞かせてくれと言い、離婚したのなら、どうして今なお非の打ちどころのない家族の散歩を演じられるのか理解しようと試みる。ところが、アニタもアンドレスも、フリオのぶしつけな質問に対するいい答が見つからない。

別れ際、フリオは最初にすべきだった質問をする。アニタはそわそわした様子で彼を見つめ、答えない。彼女は娘たちとリンゴ飴を買いに行ってしまう。そこでアンドレスがその場に残り、誰もあまりよく知らないとても長いその話を、唯一変わっているのは誰もそれをうまく語る方法を知らないということだけというそのありふれた物語を、下手くそに要約して話す。アンドレスは、エミリアは事故に遭ったと言い、フリオが反応せず、何も尋ねないので、さらに説明を加える。エミリアは死んだ。地下鉄か何かに身投げした、実は私もよく知らないんだ。どうも薬漬けだったようだが、本当はそうじゃなかったはずだ、私は信じないね。彼女は死に、マドリードで埋葬された、これだけはたしかだ。

一時間後、フリオはアルバイト代を受け取る。少なくとも次の二週間はそれで暮らしていけると思っていた三枚の一万ペソ紙幣。アパートに向かって歩き出す代わりにタクシーを止め、三万ペソで走れるだけ走ってくれと運転手に頼む。同じ言葉を繰り返し、さらに説明し、最後はその金を前払いする。どこへでもいいから走ってくれ、ぐるぐる回ってもいいし、斜めに走ったっていい、三万ペソ分走ってくれたらこのタクシーを降りるから。

長い道のりになる。音楽もかけずに、プロビデンシア地区からラス・レハス駅まで、今度は逆に、中央駅からマッタ大通り、グレシア大通りを抜けて、トバラバ駅、プロビデンシア地区、ベジャビスタ地区まで。そのあいだ、フリオは運転手の質問にどれひとつとして答えない。それは彼の耳に届かない。

二〇〇五年四月二十五日　サンティアゴにて

木々の私生活

アレリーとロサリオに

私には幼いころの記憶がない。

ジョルジュ・ペレック

木々の
あるいは難破者たちの私生活のように……

アンドレス・アンバンデル

I 温室

フリアンは『木々の私生活』を幼い娘に語って聞かせる。彼女を寝かしつけるためにつくった続きもののお話だ。主人公はポプラの木とバオバブの木。二人は夜、誰も見ていないときに、光合成やリスたちについて、あるいは木であることの無数の長所について語り合う。人間や動物、あるいは彼らいわく馬鹿げたコンクリートの塊ではないことの長所だ。

ダニエラは実の娘ではないが、彼にとってダニエラが自分の娘ではないと思うことは難しい。フリアンは三年前にこの家族のもとにやってきた。つまり、やってきたのは彼であって、ベロニカと幼い娘はすでにここにいた。彼はベロニカと結婚し、またある意味ではダニエラとも結婚した。ダニエラは最初のうちいやがったが、徐々に新しい生活を受け入れていった。フリアンはパパほどかっこよくないけれど、たぶんいい人なの、と友だちに言い、するとその友だちは驚くほど真面目な顔で、フリアンが彼女の家にやってきたのは偶然ではないと突然悟ったかのように、神妙な顔で頷くのだった。月日が経つにつれて、継父はダニエラが学校で描く絵のなかにも位置を占めるようになった。とりわけフリアンがいつも思い起こす一枚がある。その絵のなかで、彼ら三人は浜辺にいて、娘とベロニカは砂でケーキをつくり、ジーンズとシャツ姿の彼は、丸くて黄色い完璧なお日様の下で、本を読み、煙草を吸っている。

フリアンはダニエラの実の父ほどかっこよくないが、歳は彼より若く、彼よりよく働くが収入は彼ほど多くなく、彼より煙草は吸うが酒は彼ほど飲まず、彼ほどスポーツはしないが——フリアンはスポーツの類はまったくしない——いろいろな国のことより木々についてよく知っている。フリアンはフェルナンドほど色白ではなく、彼ほど単純ではなく、彼より複雑な性格だ——フェルナンドとはダニエラの実の父親の名前で、彼は厳密に言ってフリアンの敵ではないし、誰の敵でもないにせよ、名前くらいはあるべきだ。彼は誰の敵でもない。というのも、実際、敵など存在しないのだ。問題はまさにそこ、この物語には敵が存在しないということだ。ベロニカに敵はいないし、フリアンに敵はいないし、フェルナンドに敵はいないし、ダニエラにも、しつこく彼女に向かってしかめつらをしてみせる一人の暇な同級生の男の子を除けば、やはり敵はいない。

フェルナンドは、時としてダニエラの人生における染みになるが、誰しも時には、誰かの人生における染みになるものだ。

フリアンは、染みを除いたフェルナンドであるが、時にはフェルナンドが、染みを除いたフリアンになる。

ではベロニカとは誰か。


今のところ、ベロニカはまだやってこない誰かだ。通っている絵画教室からまだ帰ってこない。ベロニカは青の部屋にわずかに欠けている人物だ――青の部屋というのはダニエラの部屋で、白の部屋はベロニカとフリアンの部屋だ。ほかに緑の部屋もあり、彼らは冗談でそこを客間と呼んでいる。本やファイルや絵筆が散らかっているので、そこで寝るのはさぞかし大変だろうからだ。数か月前に夏服をしまった大きなトランクが、座り心地の悪いソファ代わりになっている。

普通の日の最後の数時間は、たいていは申し分のない習慣に従う。フリアンとベロニカは、ダニエラが眠りにつくと青の部屋を出て、そのあと客間でベロニカは絵を描き、フリアンは本を読む。ときどき彼女が彼の読書を邪魔するか、あるいは彼のほうが彼女が絵を描くのを邪魔し、そうやって互いに干渉し合うことで、対話が、些細だがときには重大で決定的な会話が生まれる。そのあと彼らは白の部屋に移動し、テレビを見たり、セックスをしたり、喧嘩を始めたりする——それはすぐ仲直りできないような深刻なものではなく、映画が終わるまでに収まるか、あるいは二人のどちらかが眠りたいかやりたいかで降参する。そうした喧嘩の結末はいつも決まってあっという間の寡黙なセックス、またはかすかな笑い声とうめき声がもれる長いセックスだった。そのあと五、六時間の睡眠が訪れる。そしてまた新しい一日が始まる。

だが今夜は、少なくともまだ今のところは普通の夜ではない。ベロニカが絵画教室から戻っていないので、また新しい一日が始まるのかも定かではない。彼女が戻るとき、この小説は終わる。だが、戻らないあいだはこの本は続く。彼女が戻るか、あるいは彼女がもう戻らないとフリアンが確信するまでこの本は続く。今のところ、ベロニカは青の部屋に欠けている。そこでは、フリアンが木々の私生活についてのお話を幼い娘に語って聞かせている。

今この瞬間にも、人気《ひとけ》のない公園で、木たちはこっそり樫の木の不運を話題にしています。樫の木の皮に、二人の人間が友情のしるしとして自分たちの名前を刻んでしまったからです。本人の同意も得ずに刺青を彫る権利は誰にもないぞ、とポプラが言います。バオバブはさらに強い口調で、樫の木は嘆かわしい蛮行の犠牲となったのだ、と言います。そういう人間たちは罰を受けるのがふさわしい。奴らがふさわしい罰を受けるまで僕は休まないぞ。奴らを追って、空と海と大地を駆け回ってやる。

娘は嬉しそうに笑い、ちっとも眠たくなさそうだ。そしてしきりにせがむような口調で、お決まりの質問を、決して一つではなく、少なくとも二つか三つする。フリアン、ばんこうって何？　お砂糖を三つ入れたレモネードをつくってくれる？　あなたとわたしのママも、友情のしるしに木に名前を刻んだの？

フリアンは質問の順番を守るよう心がけ、辛抱強く答える。蛮行というのは野蛮人がすることで、野蛮人というのは、人を傷つけたいがために人を傷つける連中のことだよ。次のは、そうだね、レモネードを持ってきてあげよう。それから、最後のはノーだ、君のママと僕は、木の皮に名前を刻んだことは一度もない。

最初、ベロニカとフリアンの物語はラブストーリーではなかった。実際にはむしろ商売上の理由で、二人は知り合った。その当時、フリアンは長きにわたる婚約期間の破局段階にさしかかっていて、カルラという冷淡で陰鬱な相手の女性は、今にも彼の敵になる寸前だった。そんな彼らに何かを祝う理由はあまりなかったが、それでもフリアンは職場の同僚に薦められてケーキ職人のベロニカに電話し、クリームケーキを注文して、結果的にそれがカルラの誕生日を大いに盛り上げたのだった。フリアンがケーキを受け取りにベロニカのアパート、今彼らが暮らしているのと同じ家に行くと、そこには浅黒く痩せていて、長くて真っ直ぐな髪に黒っぽい色の目をした女性が、神経質そうな表情を浮かべ、真面目そうでかつ朗らかという、言うなればチリらしい女性がいた。娘が一人とおそらく夫もいるらしい、美しい女性だった。フリアンは、ベロニカがケーキを包み終えるのを居間で待っているあいだ、とても小さな女の子の白い顔をちらりと見ることができた。そのあと、ダニエラとその母親とのあいだで短い会話が交わされた。そっけなくも温かな日常の会話、おそらく歯磨きをするしないというような話だった。

その日の午後、フリアンがベロニカに惚れたと言ってしまうのは不正確だろう。実際はぎこちない二、三秒の間があった。つまり、フリアンはあのアパートを二、三秒前にあとにしているはずだったが、彼がそうしなかったのは、ベロニカの浅黒い澄んだ顔をもう二、三秒見つめていたかったからだった。

お話を語り終えたフリアンは、自分でつくった物語の出来栄えに満足するが、ダニエラは眠りにつかず、それどころか目が冴えてしまったようで、お喋りを続ける気満々だ。微妙にもって回った口ぶりで学校の話を始め、ついにはなんと、髪を青く染めたいと打ち明ける。空を飛ぶとかタイムトラベルをするとかいう夢と同じく、欲望の隠喩と受け取ったフリアンは微笑む。だが彼女は真面目に話している。同じクラスの女の子二人と男の子が一人、髪を染めてるの、と彼女は言う。ほんの一筋でいいから、わたしも青く染めたいな——青がいいか赤がいいかわかんない、迷ってるの、とまるでその決定が自分の肩にかかっているかのように呟く。二人にとって初めての話題だ。フリアンは、娘がその日の午後に母親とすでにこの件について話したこと、だから今度は継父の了解を得ようとしていることを見抜く。彼は継父として、そのゲームにおける自分の役割を手さぐりで演じてみようとする。君はまだ八歳だろう、そんな小さなうちから髪を傷めるのはどうかな、と言い、髪を染めるのは馬鹿げているということをどうにかして証明するために、言い訳じみたある家族の物語をでっちあげる。二人の会話はその後も続き、ついには少々おかんむりの娘が欠伸をし始める。

彼はダニエラが眠っている姿を見て、八歳のころの自分自身が眠っている姿を思い浮かべる。いつもそうなのだ。盲人を見れば自分が盲人になったところを思い浮かべ、いい詩を読めば自分がそれを書いているところを、あるいは誰に聞かせるわけでもなく声に出して読み、その言葉の暗い響きに元気づけられる自分の姿を思い浮かべる。フリアンはそうしたイメージにだけ注意を払い、それらを拾い上げ、やがて忘れる。おそらく昔からずっとイメージを追い続けてきただけなのだろう。彼は決断を下したことも、勝ったことも、負けたこともなく、ただいくつかのイメージに引き寄せられてきただけ、恐怖も勇気も抱くことなく、それらを追いかけてきただけなのだ。ついにはイメージに近づくか、消し去ってしまうまで。

白の部屋のベッドに横になり、フリアンは煙草に火をつける。それは最後の一本か、あるいは最後から二本目か、あるいはもしかすると、どこから見ても霞のかかった過去のさまざまな問題について振り返ることを余儀なくされた、その長い、とてつもなく長い夜に吸う最初の一本かもしれない。今のところ、人生のごたごたはすべて解決したかのように思える。新しい人間関係に迎え入れられ、その世界では、眠る少女ダニエラの父、絵画教室からまだ戻らない女ベロニカの夫といった役割が与えられている。これから先、この物語はあちこちに散らばり、ほとんど続けようもなくなるのだが、今のところフリアンは、昔のインテル対レッジーナ戦の再放送を、じっと、集中して見ていられるだけの距離を保つことができている。いつインテルのゴールが決まってもおかしくないという状況で、フリアンは何があってもそのゴールを見逃したくはない。

ダニエラがやってきてすべてをかき乱し始めたのは、ベロニカが芸術学部の二年生だったときのことだ。

痛みを先取りすることが、痛み――強まったり弱まったりする、またときには、特に暑い日には数時間かけて徐々に消えていく、あの若者特有の痛み――に対する彼女なりの対処法だった。妊娠して最初の数週間、彼女はそのことを誰にも知らせない決心をし、フェルナンドにも親友にも教えなかったが、それというのも、実のところ、彼女に親友がいなかったからだ。つまり、女の友だちはたくさんいて、いつも助言を求めて彼女のところへやってきたが、その関係は決して互いの信頼に基づくものではなかったのだ。あの沈黙の期間は、ベロニカが自分に許すことのできた最後の贅沢、補足的なプライバシー、不確かな穏やかさのなかで決意を固めていくための空間だった。私は学生妊婦にはなりたくない、母親学生にもなりたくない、と彼女はよく思っていた。今から二、三か月後には、だぼだぼした一面花柄のワンピースにくるまって、教授に試験勉強をする時間がなかったと言い訳しているなんて、あるいはその二年後に赤ちゃんを図書館員に預けているなんて、まっぴらごめんだわ。突然、他人の子供の忠実な子守役に変身した図書館員たちのうっとりした表情を思い浮かべただけで、彼女は背筋が寒くなった。

あの数週間、彼女は何十もの画廊を訪れ、恥ずかしげもなく教授たちを質問攻めにし、また上級生たちから好きなように言い寄られて何時間も無駄にした。彼らは案の定、耐えがたい性格の裕福な家の息子たち、不良ぶっているが、金融エンジニアの兄弟や学校のカウンセラーをしている姉妹よりもずっと早く成功していく奴らだった。

ベロニカは、探し求めていた恨みと思いのほか早く遭遇した。自分が加わりたいと思う世界はここではない、自分が加わることのできる世界はまさかこんな場所ではない、という思いだ。そのときから彼女は、自分のなかなか開花しない才能についての暗い考えに襲われるたびに、大事に胸にしまってきた悪い見本のことを思い出してみた。何人かの教授が見せる、流行芸術に対するまっとうな軽蔑について考える代わりに、どんな芸術学部にも必ず潜り込んでいる二、三人の口ばかり達者な教師がやっている授業のことを思い出した。何人かの同級生が手がける誠実な本物の作品を思い出すよりも、早熟な同級生が新しい発見を見せつけている無邪気な画廊に戻るほうがよかった。

若きアーティストたちはアカデミーの専門用語を完璧に模倣し、政府奨学金の膨大な量の申請用紙を熱心に埋めた。だが、やがて資金が底をつくと、アーティストたちは素人向けの教室を開かざるをえなくなった。今ベロニカが通っているのもそうした教室の一つで、近くの市役所の殺風景な会議室で行なわれている。午前中、ベロニカはスポンジケーキを焼き、電話の応対をする。午後は注文のあったケーキを届け、それから絵画教室に行って、ときには退屈し、ときには楽しく過ごす。彼女はアマチュアという立場にようやく居心地のよさを見出し、のびのびと、真面目に絵を描いている。その絵画教室からもう一時間以上前に戻っているはずなのに、きっと帰り道なんだろう、とフリアンはテレビを見ながら考える。八十八分、あらゆる予想を覆してレッジーナがゴールを決め、1—0にする。そのまま試合は終了。インテル0—1レッジーナ。

先週、フリアンは三十歳になった。祝ってもらう本人が落ち込んでいたこともあり、いくらか妙なパーティーになった。サバを読んで自分の年齢を若く言う女性がいるのと同じように、フリアンはときどき自分の年齢を水増しし、わけもなく苦々しい思いとともに過去を振り返りたくなる。最近では、自分は歯医者か地理学者か気象学者になるべきだったと思うようになった。今のところ、教師という現在の職業は奇妙に思える。でも僕の本当の仕事は頭垢《ふけ》をつくることなのだと、彼はふと思う。自分がそう答えるところを想像してみる。

ご職業は？

頭垢をつくることです。

彼は間違いなく誇張している。誰しも少しは誇張をせねば生きていけないものだ。フリアンの人生にいくつかの時期があるとすれば、それらは誇張の度合によって表わされるべきだろう。十歳までは、誇張することはほとんど、まったくと言っていいほどなかった。だが、十歳から十七歳まではしっかり嘘をつくようになった。そして十八歳からは、ありとあらゆる種類の誇張の達人になった。ベロニカと一緒になってからは、ときどき不意に再発することはあるものの、彼の誇張の度合は目に見えて減ってきている。

彼はサンティアゴの四つの大学で文学を教えている。できれば一つの専門に絞りたかったが、需要と供給の法則に強いられて何でも屋をやっている。アメリカ文学とイスパノアメリカ文学の授業を担当し、さらにはイタリア語を話せないのにイタリアの詩の授業も受け持っている。ウンガレッティ、モンターレ、パヴェーゼ、パゾリーニ、またパトリシア・カヴァッツリやヴァレリオ・マグレッツリのようなもっと最近の詩人たちの作品も熱心に読んできたが、彼は特にイタリア詩の専門家というわけではない。もっとも、イタリア語ができないのにイタリア詩の授業をしても、チリではそれほど深刻な問題にはならない。なぜなら、サンティアゴには英語のできない英語教師や、奥歯の抜き方もろくに知らない歯医者、太りすぎの専属減量トレーナー、あらかじめ抗不安剤を大量に服用しなければ教室に立つこともできないヨガのインストラクターが山ほどいるからだ。フリアンは、誰が見ても疑う余地のないその臨機応変な性格のおかげで、教育という冒険をいつもたやすく切り抜けている。ヴァルター・ベンヤミンやボルヘスやニカノール・パラの引用でその場を取り繕い、うまくしのいでいるのだ。

彼は教師であり、日曜作家でもある。ときには数週間にわたって憑かれたように、まるで守るべき締め切りが迫っているかのように、時間が許すかぎり執筆ばかりしていることもある。彼がハイシーズンと呼んでいる時期だ。いずれにせよ通常はオフシーズン、つまり他の男たちが日曜を庭仕事や大工仕事や飲酒に充てているのと同じく、文学的野心を日曜まで先送りにしている。

彼はとても短い本を一冊書き終えたばかりだが、それを書き上げるには何年もかかった。最初はひたすら材料を積み重ねていった。そうしておよそ三百ページにまで達したが、その後、物語をつけ加えるのではなく差し引くか消したくなったかのように、場面をどんどん切り捨てていった。結果は哀れ、四十七枚の薄っぺらい紙の束になってしまったが、彼はそれを小説とみなすことにこだわっている。彼はその日の午後、完成したその小説を何週間か寝かせておくことに決めたのだが、テレビを消し、今ふたたびその原稿を読み始めている。

今、彼は読む、読んでいる。自分は物語の内容を知らないのだと思い込もうとし、やがてその幻想へと至る——無邪気におずおずとその幻想に身をゆだね、目の前にしているのは他人のテクストなのだと自分に言い聞かせる。ところが、コンマの置き間違いや耳触りな音が一つでもあるとすぐに現実に引き戻され、するとふたたび彼は、作者、何かの作者、自分自身の間違いや行きすぎや恥を自分であげつらうという、一種のひとり警察になっている。彼は立ち上がって部屋のなかを歩き回りながら読んでいる。座るかどこかに寄りかかるべきだろうが、背筋を伸ばして突っ立ったまま、まるでそれ以上光があたって原稿の間違いがほかにも見つかってしまうのを恐れるかのように、ランプには近寄らないようにしている。

最初のイメージは、盆栽を育てるのに夢中になっている若い男というものだ。誰かに本の内容を要約してくれと言われたら、盆栽を育てるのに夢中になっている若い男の話だと答えるだろう。もしかすると若い男とは言わず、主人公は正確には子供でも成熟した大人でも年寄りでもないと言うにとどめるかもしれない。何年も前のある夜、友人のセルヒオとベルナルディータにそのイメージについて語ったことがある。盆栽相手にひとり閉じこもって、それが真の芸術作品になるかもしれないと心を震わせつつその世話をしている男の話だと。数日後、二人の友人は、仲間内の冗談のつもりで小さなポプラの木を彼に贈った。本を書く助けになるように、と彼らは言った。

当時、フリアンは一人で、というかほぼ一人で、つまり例の敵になる寸前だったカルラという変わった女と一緒に暮らしていた。そのころ、カルラはほとんど家に寄りつかず、特に彼が仕事から帰ってくる時間には家を空けるようにしていた。フリアンは自分でアマレット入りの紅茶を淹れてから――今では吐き気を催すほどだが、あのころはアマレット入り紅茶に目がなかった――木の世話をしたものだ。水をやり、必要があれば剪定をしただけではない。木が動き出すのを期待してか、少なくとも一時間はじっと観察するのがつねで、その様子は、子供が夜、ベッドのなかで長いあいだ身じろぎもせず、自分が成長するということについて一生懸命考えているのとそっくりだった。

フリアンは、盆栽の成長を見守ってから、ようやく座って執筆に取りかかる。夜も更けたころに急に自信が湧いて、何ページも次々と書き進めることもあった。また、最初の段落からいっこうに前に進めない調子の悪い夜もあり、そんなときはパソコンのモニターの前で硬直したまま、文章がひとりでに現われるのを願うかのようにぼんやりと切実な気持ちでいた。彼はニュニョア広場に面した建物の二階に住んでいた。一階にはバーがあり、客の喧騒とテクノミュージックの絶え間なく弾むような音が伝わってきた。それをBGMに書くのは心地よかったが、客の話、特に面白い会話や下卑た会話が聞こえてくると、どうしても集中力を乱された。とりわけ、聞いてくれる相手がいれば誰彼構わず、父の死について語ってばかりいた年配女性のとげとげしい声と、ある冬の日の夜明け前に、もう二度とコンドームなしでセックスはしないぞと絶叫していた青年の動揺した声を覚えている。彼は一度ならず、それらの声を記録し、会話をいちいち書き留めていけばきっと役に立つのではなかろうかと考え、無数の言葉たちが床から窓へと伝い、そして窓から耳へ、手へ、本へと向かって移動していくところを思い浮かべた。そういう偶然の産物としてのページのほうが、自分が書こうとしている本よりも絶対に生き生きとしているだろう。だが、そうした偶然が運んでくる物語で満足する代わりに、フリアンは盆栽という自らのアイデアにこだわり続けたのだった。

私の家から出ていけ、この糞野郎。

ある日の午後、フリアンは仕事から戻ると、赤く太い字で書かれたこんなメッセージを居間の壁に見つけた。ある種の残酷趣味から、彼はそのメッセージが血で書かれたのだと思った。あとで一ガロンの赤ペンキを見つけ、絨毯に飛び散ったペンキの染みも見つけたものの、その現実にはなかった場面は彼の記憶にしっかりと刻まれ、今でも彼は、カルラが自分の肌に切り傷をつけて、次第に大きくなる血だまりに人差し指を浸している姿を思い浮かべてしまう。居間の壁に恋人から糞野郎と書かれたことについては、今でも不当だと思っている。なぜなら、彼女との物語において、彼は糞野郎では絶対になかったからだ。彼は愚か者で、阿呆で、怠け者で、エゴイストではあったが、糞野郎ではなかった。しかもそのアパートは二人のものだったのに、突然距離を置き始めたのは彼女のほうだった。そんなカルラの不在に、フリアンはすぐに、ほとんどたちまちにして慣れてしまい、それが彼の犯した唯一の——彼女がいなくなった今では、むしろ必要だったと思う——過ちだ。彼女は彼の人生から永久に去ったのだ。

フリアンは片手にスーツケースを持ち、片手に盆栽を抱えて、その日の夜のうちにアパートをあとにした。続く数週間は、友だちの家を転々としながら酒びたりになって、相手がいれば誰彼構わず自分の話をしたがった。だがフリアンは自分の話をするのが得意ではなかった。彼はいちばん近い過去の確かな描写に逃げ込もうとしたのだが、そうした確かな描写というのもわずかで、そのことはフリアン自身が非常によくわかっていた。お前はピスコ・コーラを五杯飲んでも口が軽くならないんだな、とあるとき友人のビセンテが、友情を確かめ合う緩慢な一夜の終わりに彼に向かって言った。それもあながち間違った意見ではなかった。いっぽう、盆栽のほうは、度重なる引っ越しのためにひどく衰弱していた。フリアンが罪悪感を感じて必死に世話したにもかかわらず、終着点にたどり着くころには、木はもう干からび始めていた。

フリアンがその時期をどうして両親の家で過ごさなかったのかを説明するには、多くの段落を、あるいは本を丸一冊費やさねばならないだろう。さしあたり、当時のフリアンは家族がいないふりをしていたと言っておけばじゅうぶんだ。家族がいるふりをする人もいる。面倒な集まりを催して、祝杯やお決まりの挨拶で性急な和解を演出する人たちだ。いっぽう、フリアンは家族がいないふりをしていた。彼には、何人かのとてもいい友だちとあまりよくない友だちがいたが、家族はいなかった。

ある日曜日、彼が新聞の広告を見ていると、ベロニカのアパートとそっくり同じ住所の物件があった。中心街から離れたラ・レイナ地区にある分譲アパートの二階で、男のひとり暮らしには広すぎ、新米教師には値段の高すぎる物件だった。フリアンは狭くて安い部屋、以前の暮らしとあまり変わらない新しい暮らしを始めるねぐらを探していたので、その日曜日は賢明にもその物件を却下した。だが、次の日曜にふたたび同じ広告を目にし、今度はもう前ほど賢明ではなかった。彼はベロニカの家を思い出すのも悪くないと思いながら、すぐさまそのアパートを見学しに出かけた。着いてすぐ、守衛の少し馬鹿みたいなしかめ面や、イボタノキの強烈な黄色に見覚えがあると感じ、そのとき彼は、妙な芸術的関心から、このイボタノキは剪定されているなと思った。庭の巨大なサボテンのことも、窓を覆う黒の太い鉄柵のことも覚えていなかったが、彼はその物件が気に入り、各戸にバルコニーがあることや、子供たちが何人か、昼食の時間を待ちながら自転車を乗り回している様子も気に入った。

ベロニカとダニエラがもう住んでいないその家には、三つのあまり大きくない部屋と、彼が前に通された居間があった。フリアンと彼のわずかな蔵書としおれた盆栽にはあまりに広すぎる空間だったが、すでに彼は心を決めていた。家主と交渉して家賃を少し値切り、慌ただしく契約を済ませたが、どうやら今後は担当する授業を増やしてもらうよう願い出るか、近所の若者たちを相手に詩の巡回教室でも開くしかなさそうだった。

それ以来、彼はその半ば空っぽの家に住むようになった。朝の八時に出かけ、日が暮れるころに帰宅して、部屋に閉じこもってものを書き、彼の木のもはや止めようもない苦しみを見守った。

ある夜、セルヒオとベルナルディータが彼を訪ねてきた。独身男の家には、スプーンも、鍋も、クッションも、灰皿も、ランプも、カーテンの一枚すらなく、フリアンは二人が持ってきたプレゼントに感謝しながらも、少し決まりの悪い思いをした。プレゼントはジャネット・ウィンターソンの本、そして驚くほど大量のアロマキャンドルとガラス玉で、ベルナルディータはそれらを家の隅々にてきぱきと配置していった。

　フリアンは盆栽の不運について言い訳したあと、本当に話したかった物語を二人に語って聞かせた。自分はそのアパートに以前来たことがあり、そこで前の居住者（彼はこの「居住者」というややもったいぶった言葉を用いた）である若い女性とその娘と知り合ったのだと。彼の話のなかに謎めいた誇張が、ある種の憧れが込められていることがすぐにわかり、二人の友人はぴんと来た。

　それでこの家を借りたのね、とベルナルディータが優しくからかうように言った。偶然に魅せられてというわけね。

　違う、とフリアンが恥ずかしそうに答えた。彼は勢い込んで、不必要なほど声を荒らげてこう返した。便利そうだったから借りたんだ。

　わかったぞ、フリアン、こういうことだろう、とセルヒオが言った。ポール・オースターの小説の読みすぎでこの家を借りたな。

　セルヒオとベルナルディータは思わず爆笑してしまった。フリアンも笑ったが、しぶしぶ笑ったというか、二人の友だちにここを立ち去ってほしい、笑いの発作が治まってから帰ってきてほしいと思いながら笑った。そのばつの悪い冗談がきっかけで、フリアンはポール・オースターの小説をそれ以来読まなくなった。他人にも一度ならず、オースターなんて、『孤独の発明』の数ページを除けばあとはボルヘスの二番煎じにすぎないなどと言い、あんなものは読まないほうがいいとまで口にする始末だった。

だがそれはまた別の話、些細な話であって、今は重要ではない——もっとも、そうした偽の手がかりを追いかけるほうがひょっとしたらいいのかもしれないし、フリアンなら偽の手がかりだらけの気取った本を大いに楽しむだろう。それよりも、床で笑い転げたり、軽蔑の念も露わにしかめ面をしてみせるほうが、間違いなくずっといいだろう。こんな本は閉じて、本という本を閉じて、とにかく人生と向き合うほうが、いや人生は大きすぎるから、現在という脆い枠組みと向き合うほうがよほどいいだろう。今のところ物語は先へ進み、ベロニカはまだやってこない。そのことははっきりさせておくのがいいし、何度でも繰り返しておくのがいい。彼女が戻るとき小説は終わり、彼女が戻ってくるまで、あるいはフリアンが彼女はもう戻らないと確信するまで小説は続く。

友だちの訪問のあと、数日間、フリアンは、ベロニカと幼い娘がそのアパートに住んでいたころの数え切れない些細な場面を思い描いて過ごした。仕事から帰ってくると、決まって他人の家に入るときのような不安を感じながらドアを開けた。そのため彼は、当時は緑の部屋と呼んでいた客間で寝ていた。そのいちばん小さな部屋を選んだのは、狭い場所に潜り込む癖があったからだろう。青の部屋は手つかずのままで、荒い刷毛で塗られた壁と床の上に忘れられた新聞の束以外には何もなかった。白の部屋では、いくつかの箱の上に積み重ねられた三、四十冊の本と、二つの不安定な架台の上に載せた分厚い木の板が、一種の書斎を形成していた。彼は夜遅くまでものを書いていたが、順番もやり方も決めてはいなかった。ハエの飛ぶ音や冷蔵庫の唸り声が聞こえただけですぐに集中力が途切れるようだった。だがもっとも彼の気を逸らせていたのは、偽のつくられた記憶だった。ベロニカがバルコニーに身を乗り出したり、雑誌を読んだり、鏡の前で新しい髪型を試している姿を想像した。彼はベロニカを思いながら書いた。ものを書く彼を見守るベロニカの幻を思い浮かべながら。

ある日、彼は、またケーキを注文したいという口実で彼女に電話をかける決心をした。

書類を調べたが、書き留めてあった電話番号は今彼が住んでいる家の番号だし、ベロニカのケーキを勧めてくれた同僚は今アメリカに住んでいる。そこでアパートの家主に訊いてみると、おそらくベロニカの居場所を知っていそうな誰かのそのまた知り合いに連絡を取ってみるとしぶしぶ応じてくれた。フリアンは一週間、何かに憑かれたように動き回った末にようやく彼女の番号を入手し、それから彼女に電話をかける心の用意ができるまで、さらに一週間かかった。

彼は電話で偶然の一致について話したが、彼女はあまり興味がないようだった。僕の住所は知っているよね、今度は君が僕にケーキを届ける番だよ、と彼はわざと嬉しそうに言った。口説き文句には慣れすぎているほど慣れているベロニカは同意し、非人格的で官僚的な声で、では明後日、午後七時にケーキをお届けにあがります、と言った。フリアンの計画は、何から何まで夢物語だった。ベロニカがついこのあいだのことを思い出して感激しているところを想像し、知らない相手とこんなにも長い時間話してしまうなんてと恥じらい、にもかかわらずもっと長くそこに留まり、続く数時間のうちに打ち解けていき、ついには防御を完全に解く。そして自分がベロニカと居間でセックスするところを想像し、そのあとキッチンでもう一度交わり、最後は別れる前に玄関のドアに彼女を押しつけているところを思い描いていた。

それに反して、ベロニカは無意識の冷淡さとある種の失望をほとんど隠そうともせず、自分がかつて住んでいたアパートの壁をただ用心深く観察した。干からびた盆栽、盆栽の亡骸にも目をくれなかった。フリアンは盆栽をこれみよがしに床の上に置いて、少なくともこれがあれば植物についてささやかな会話が成立するかもしれない、ひょっとすると死んだゴムの木とか太った黒い犬に荒らされたツタにまつわる話にもっていけるかもしれないと期待していたのだった。ところが、ベロニカはただ微笑んでお金を受け取ると、すぐ帰ろうとした。フリアンは最終手段として、慌ててこんなことを言った。前のケーキは恋人の、というか元恋人のために頼んだんだ。今度のは母に。それと、そこにある木は、もう枯れつつあるんだ。

そのすべてに対しベロニカは、あらそう、と答えた。

そしてもう一度微笑み、帰っていった。

だが二回目、三回目、四回目、さらには五回目の注文があった。その数か月でフリアンは何キロも太った。なにしろ、ベロニカの心の壁を徐々に崩していけるものと期待して、朝も昼も夜もクリームケーキばかり食べていたのだから。フリアンはもっともらしく見せようとして、ケーキを注文するたびに家族や職場の誰かのためだと偽り続け、いっぽうベロニカのほうは、毎回同じケーキをつくるのに飽き始めていたので、ケーキの種類に変化をつけてはどうかとすすめた。しかしフリアンは、ミルフィーユも、シュヴァルツヴェルダー・キルシュトルテも、パイナップルケーキも、オレンジミルクレープもどれも欲しくなかった。フリアンはいつもと同じものを欲しがった。クリームケーキを、ポートワイン多めでよろしく。

ケーキが五つ目となるころには、ベロニカも以前よりはるかに打ち解けて、興味を示しているように思われた。もしかすると、ついにコーヒー一杯かワインをグラス一杯、いや実際にはワインをカップに一杯、というのもフリアンの家にはワイングラスもコップすらもなく、あるのはコーヒーカップだけだったからだが、飲んでいってくれるかもしれないと彼は考えた。そしてそれは間違いではなかった。フリアンは今やベロニカにとって親しみの持てる男、それほど不細工ではない男になっていたが、それでも、フリアンの下になったり上になったりしている自分の姿を想像するまでに至ったわけではなく、ましてや壁に押しつけられて、そのころのフリアンが執拗に夢見ていたあの熱烈な最後のセックスを実際に行なっているところなど想像できるはずもなかった。

だが、そのころにはもうフリアンもその場限りのセックスばかり夢見ていたわけではない。ベロニカが眠りにつくところを想像し、自分がベロニカの家で眠り、ベロニカと共に暮らし、幼い娘を起こさないよう絶対に音を立てないようにゆっくりとベロニカと交わり、また娘が祖父母か実の父親——彼のことを、フリアンは背の高い金髪の太った男として、実際は背の高い金髪の痩せた男であると知るずっと前から思い描いていた——の家に泊まっているあいだ、ベロニカと二人で叫び声を抑えようともせず夢中でセックスしているところを夢想していた。

五つ目のケーキを届けた日の夕方、ベロニカはフリアンが差し出したカップ入りのワインをたしかに受け取った。いずれにせよセックスはなかった。

現在という不自然な光に照らしてみると、彼にはカルラとの生活が、まるで雲か湖のように見えてくる。フリアンは彼女のことを、通過点、遅すぎる列車の窓から見える国のように考える。壁のメッセージを見たあの夜、フリアンは、避けがたいと思っていたある一つの場面を何度も思い浮かべたが、結局その場面は現実には起こらなかった。カルラの前に立ち、欲しくもないコーヒーをかき回していると、カルラは、突然芝居がかった様子で黙り込んだかと思うとすぐ、時間をかけて練習してきたと思しき、いずれにしても心からの悲痛な言葉を口にする。もっとあとになって、新たな生活に戻ってから、フリアンはあのときうつむいてどもりながら声に出そうとしたその答を見つけることになる。

だが、もはやカルラの怒りや無関心を和らげる機会は訪れなかった。彼は一度ならずその最後の場面を自分から始めかけたことがあるが、彼を駆り立てた力はたぶんあまりに弱々しかったのだろう。彼女との口喧嘩に巻き込まれると思っただけで、彼は心底うんざりした。フリアンはカルラへの愛を取り戻そうとは思っていなかった。もうずっと前に彼女を愛するのをやめていたからだ。彼女を愛し始める一秒前に、彼女を愛するのをやめていた。奇妙に聞こえるが、フリアンはそう感じている。彼はカルラを愛する代わりに、愛の可能性というものを、その後はすぐそこにある愛の予感というものを愛していた。白い汚れたシーツの下で動く、一つの塊という観念を愛していた。

私はひとりぼっちなの。家族のことを聞かれると、カルラはいつもそう答えた。両親もいない、家族もいない、私はひとりぼっち。それは本当だった。カルラの父は少し前に亡くなったばかりで、母親は何年も前に、夫と娘を捨ててよくわからない秘教の夢を追ってコロンビアのカリへ旅立ったときに死んでいた。カルラにとって有利だったのは家族がいなかったことで、フリアンにとって不利だったのは、父と母と姉がいただけでなく、祖父母やおじおばやいとこや甥っ子まで、ごちゃごちゃ親類がいたことだ。カルラはフリアンに、過去と縁を切るのに最適な場所を提供した。フリアンの過去には逃れるべきものなど何もなかったが、まさにそれこそ彼が逃れようとしていたものだった。凡庸さから、誰のそばにいることもなく無駄に過ぎていく果てしのない時間から。

カルラはチリ大学の哲学科に在籍していたが、卒業も就職もその種のことはいっさいするつもりはなかった。彼女が望んだのは、ただ家にいて音楽を聴き、マリファナを吸うことだけだった。チョコレートかチーズのパスタ以外はほとんど何も食べなかったが、料理が得意なフリアンが来てからはメニューの幅が広がり、パスタ・ジェノヴェーゼ、ラヴィオリ、フライドチキン、さらにはインゲン豆のトウモロコシ粥添え《ポロトス・コン・マサモーラ》まで食べるようになった。フリアンは大学で教え、カルラは父の遺産を定期的に受け取っていたので、二人はそれなりに贅沢をすることができた。彼は本を買い、彼女はＣＤを買い、マリファナを買い、新たな悪癖だがどちらかというと無理に服用していた抗不安剤を買っていた。

フリアンは、大学の授業と執筆中の小説のアイデアに意識を集中させるあまり、カルラの人生におけるいくつかの決定的な出来事を見逃していた。彼女が毎晩、とても長い、あるいはとても短い電話がかかってくるのを今か今かと待ちわびていることも気にかけず、誰からの電話だったのか、どんな用件か、どこへ出かけるのかも尋ねず、尋ねたとしても、言い訳とドアのぴしゃりと閉められる音を予期しているような、気のない尋ね方だった。

　カルラがどうして急に家に居つかなくなったのか、彼がその理由を正確に知ることは決してなかった。最初のうち、彼女は大まかに説明していた。病気の女性と知り合って、帰るのが遅くなった、彼女は私の助けを必要としているの、とある朝カルラは言ったが、フリアンはほとんど注意を払わなかった——カルラの茶色い目が乾いた緊急の光を発しているのを見ず、あるいは見ようともしなかった。やがて彼女は、付き添いで世話をすると言ってその病気の女性の家に泊まるようになった。もう新たに言い訳をする必要もなくなった。フリアンは二、三日おきに、蓋が半分開いた箱や洗っていない皿、その他カルラの存在の痕跡を見つけた。何週間も経ってから、二人は階段の踊り場で偶然再会した。そのとき二人はキスもせずにぎこちない挨拶を交わし、会話のようなものを交わした。友だちは私が世話していたら具合がよくなったわ、と彼女が言った。いつ戻ってくるんだい？とフリアンは動揺しながら尋ねたが、彼女の返事はなかった。フリアンは彼女を問い詰めて、そしておそらく、彼があてずっぽうに疑い始めていたこと、その女性がカルラの母であるという答を、無理にでも引き出すべきだったのだろう。

　フリアンは、反対側の歩道からカルラの不在を、無関心に、安堵すら覚えながら見つめていた。ときたま、カルラがディスクマンでティンダースティックスの曲をかけ、イララサバル通りを歩きながら、彼女の母親、フリアンが彼女の母親だと思っている女性のことを考えている姿を思い浮かべた。たぶん、母親がいるというのはカルラのでっちあげで、たぶん、カルラはその女性を説得して、あなたなら私の母親になれると言ったか、母親になってくれと頼むか懇願するかしたのだろう。実はあまり興味がないその筋書きをいくら考えても答が出ないことに飽きてしまったフリアンは、そんなふうに思っていた。

カルラに関する彼の推測は、決して深まることはなかった。彼にはほかに考えるべきことがあった。ときには、気づくと夜明けごろまで、小説で使うための、明らかに小説ではなくむしろスクラップブックかメモ帳なのだが、そこで使う込み入った解決策をあれこれ考えていることもあった。実際のところ、小説を書くつもりはなかった。記憶を積み重ねておく、曖昧ながらも一貫した領域を見つけたかっただけだ。記憶を鞄に詰めて、その重みで背骨が折れてしまうまで背負っていたかったのだ。

ある寒い執筆の夜が明けるころ、フリアンは、もうそれ以上しまりのない理解不可能な物語でページを埋めるのをやめようと決意した。その代わり、盆栽の日記を書くことに、木の成長を丹念に記録していくことに決めたのだ。それは簡単そうに思えた。毎日午後に家に戻ると、一日のあいだに木に起こった変化を、たとえどんな些細なことでもいいからノートに書き留めていくのだ。葉が一枚出てきた、幹がほんのわずかたわんだ、前日にはなかった小さな石ころが六つあった、など。そうすれば、ほぼ自動的に、生というものが彼が集めていく確実かつ客観的なデータに入り込んでいくことになるはずだ。

彼はこれから待ち受ける生活を思い、満ち足りた幸せな気分で床に就いた。だが、目を閉じる前に玄関の鍵の開く音が聞こえた。おそらく公園での謎めいた散歩から戻ってきたのであろう、カルラと例の病気の女性だった。

フリアンは居間に行って二人の女性に挨拶し、驚きのなか二人の血のつながりを示す特徴がないかと探ったが、かすかに似ていることが確かめられただけで、姉妹か従姉妹か、はたまた友だちであってもおかしくなく、そのどれであっても、カルラには姉妹も従姉妹も友だちもいないというか彼女がそう言っていたので、事件であることには変わりなかった。だが、彼にとって印象深かったのは、その女性が病気には見えないことだった。彼女の元気そうで落ち着いた表情とカルラの無愛想な表情とを比べると、病気なのはカルラのほうで、母親、母親かもしれない女性のほうが看護婦に見えた。

その女性は、フリアンの挨拶に親しみと慎みの入り混じった表情で応えたが、カルラのほうは客と二人きりにしてほしいことをただ彼に伝えただけだった。彼女は女性のことをそのように、「私のお客」と呼んだ。フリアンは、その出会いの儀式をもう少し引き延ばしてもいい、常識に照らすなら、二人が従姉妹なのか、友だちなのか、あるいは母と娘なのか質問するくらいは許されるはずだと考えた。予想どおりカルラはかっとなって、あなたはさっさと寝てよ、私たち二人きりになりたいの、二人きりになりたいってことをわかってくれるわよね、と彼に言った。

フリアンは、自分の部屋から二人の会話をなんとか聞きとろうとした。しかし二人はほとんど話をしなかった。ずっと黙り込んだままで、ほぼ一時間にわたり、沈黙が耐えがたいまでに膨らんでいった。女たちは一緒に家を出て、カルラはその夜、そしてそれに続く数か月のあいだ戻らなかった。そしてようやく戻ってきたのは、居間の壁に、赤いペンキかもしかすると血で、「私の家から出ていけ、この糞野郎」と書くためだけだった。

彼はカルラのことを滅多に思い出さない。二、三日前、ダニエラの飼っていた猫が死んだとき、フリアンはヴィスワヴァ・シンボルスカのある詩を思い出して、それを娘に読んで慰めてやろうと思い、書斎へ行った。本棚を少し探してから、そのイペリオン社刊の緑色の本が、カルラの家に置いてきた本のうちの一冊であることに気がついた。カルラの思い出は、あの壁のメッセージを見た夜、持ってくることのできなかった本の記憶とほぼ結びついている。今やカルラは本泥棒でしかない。ときどき本棚で探している本が見つからないと、彼はぼそぼそと彼女をそう呼ぶ。この本泥棒め。

彼は、カルラが彼女の母かもしれない女、もしくは看護婦と一緒に紅茶を飲みながら、歯の治療代や、ロンドンかパリかリスボンへの旅行費を工面する方法を話し合っている姿を想像する。あの年月カルラと一緒に暮らしたということが、彼には恐ろしいことに思える。恐ろしく、悲惨なことに。

今、フリアンには本当の家族がいる。土曜の午後に理科の宿題をしたり、ティム・バートンの映画を見て共に過ごせる家族が。ダニエラは眠りについたばかりで、フリアンは妻が帰宅するような予感がして耳を澄ませるが、何か月か前に居間に据え付けた水槽の泡の音がかすかに聞こえるばかりだ。フリアンは汚れた水のなかを相変わらず泳ぎ回っているコスモとワンダにそっと近寄り、ガラスに顔をつけて異常なまでにじろじろと観察する。突然、フリアンは芝居がかって、監視員になりきる。魚の監視員、魚たちを水槽から逃がさないよう特殊な訓練を受けた監視員だ。

小説のなかで誰かが家に帰らないとき、それはたいてい何か悪いことが起きたからだとフリアンは思う。だが幸いにもこれは小説ではない。もうじきベロニカは、本当にあった話、なぜ遅くなったのかをきちんと説明する理由を携えて戻るだろう。それから僕たちは、彼女の絵画教室のこと、娘のこと、僕の本のこと、魚たちのこと、携帯電話を買う必要性について、オーブンのなかにあるプディングの残りについて、将来について、そしておそらく過去についても少しだけ話をするだろう。フリアンは平静を保とうとして、文学にも世界にも帰ってこない女はたくさんいる、恐ろしい事故に巻き込まれて死んでしまう女はたくさんいる、だが少なくともこの世界では、人生では、急に友だちに付き添って医者に行かなければならなくなる女もいれば、大通りの真ん中で車のタイヤがパンクして、誰にも助けてもらえない女もいるのだと考える。

ベロニカはまだやってこない女で、カルラはいない女だった。

カルラの母は、かつていなくなり、そして誰も予想しないときに戻ってきた女だ。

カルラはいなかった女だ。

カルラはいたのにいなかった女だ。彼女は出かけ、人々が狩りに出かけるのと同じようにして母を迎えに行った。

彼女は出かけ、煙草を買いに行った。カルラはいなかったし、いたこともなかった。煙草を買いに、母を迎えに、狩りをしに出かけた。

ベロニカは車のタイヤがパンクした。彼女は僕が迎えに来られないことを知っている。娘を一人にできないからだ。ベロニカはタイヤを交換するだろう。

ベロニカは大通りの真ん中でタイヤを交換している女だ。毎分何百台もの車が通り過ぎるが、停まって彼女を助けようとする車はない。きっとそういうことなのだ、とフリアンは思う。結局、遠くの大通りでひとりタイヤを交換し、足止めを食っているベロニカというイメージにすがることにする。

ダニエラが目を覚ます。いつも真夜中に目を覚ます。十二時になったばかりだ。彼女は消え入りそうな涙声で、もう一度寝かせてとフリアンに頼む。もうすぐママが帰ってくるよ、とフリアンが言う。ついさっき電話があった、ママは大丈夫だ、友だちを病院に連れていったそうだ。妊娠中で子宮収縮を起こした友だちをね、と細かいところまで教える。そしてこう付け加える。途中でタイヤが二つパンクしたそうだ。

ダニエラは「しきゅうしゅうしゅく」という言葉の意味がわからず、タイヤが二つパンクするのがとても珍しいことも知らないが、母の帰宅が遅れていることを心配してはいない。少なくとも言葉の厳密な意味においては。彼女はフリアンにそばにいてもらい、もう一度寝かせてもらい、暗闇から守ってもらいたいだけなのだ。

どうして子供はみんな暗闇を怖がるんだろうね。僕が君くらいの年ごろには暗闇は怖くなかったよ、とフリアンが言う。それは嘘だが、もしかすると本当かもしれない。フリアンは子供のころ、厳密に言えば暗闇を恐れていたのではなく、目が見えなくなるかもしれないことを恐れていたのだ。ある夜、彼が目を覚ますと、そこには一筋の光も見えなかった。最初は誰かが部屋を閉め切ったのだろうと思ったが、やがてそれは自分の目が見えなくなってしまったのだというぞっとする確信に変わった。それ以来、フリアンは完全な暗闇が、閉め切った部屋が我慢できない。

『木々の私生活』のお話をもうひとつしてあげようか？

うん、とダニエラは答える。

二週間前、ダニエラはいらないと答えた。わたしはもう大きいからお話はいらない、ひとりで寝られる、と突然言い出したのだ。彼女が不機嫌だったのには、あるとても明白な理由があった。フェルナンドの家で、たぶんプレイステーションを延々とやったあと、両親の結婚式を映したビデオを見つけたのだ。フェルナンドは、娘の生活においてフリアンの存在感が次第に増していくことにおそらく若干の不安を覚えていたのだろう、そのビデオを止めるどころか、ダニエラの隣に座って娘が質問してくるのを今か今かと待ち構えたが、彼女は一言も口をきかずにテレビの画面に見入っていた。ダニエラは何か考え込むような、よそよそしい顔で家に戻り、ベロニカにきつく問い詰められてようやく、悲しくなった理由を打ち明けた。

すぐに電話のやりとりが始まり、ベロニカの叱責、フェルナンドのややこしい言い訳、そしていつもどおり仲介役をせざるをえなくなったフリアンによる親切な計らいへと続いた。ベロニカの性格は君も知っているだろう、とフリアンはフェルナンドを宥めるように言ったが、もちろんそれは正しくない。フェルナンドは面倒な客の接し方を知っているし、納得のいく値段を交渉するこつも知っているし、エイトール・ヴィラ＝ロボスの曲のいくつかをギターで弾くこともできるが、ベロニカの性格はきっと知らない。知るに至らなかった。なぜなら二人の結婚生活は三か月足らず、あるいはフェルナンドがよく言うように、ほとんど百日ももたなかったからだ。フェルナンドは、ベロニカと過ごした時期について尋ねられると、満面の笑みを浮かべて、あれは百日戦争だったと答えることにしている。

ベロニカとフェルナンドは、幸せになるという取り決めを果たす覚悟で結婚した。互いの不一致はしばらく凍結することに決め、まるで本当の夫婦であるかのように、悪い予感がしたのに、冴えない思いつきから結婚したのではないかのように振る舞った。結婚式の日、ベロニカは二十一歳、フェルナンドは三十歳になろうとしていて、ダニエラは生後六か月をすぎたばかりだった。彼のほうは、時が経てばみんなで一緒に暮らすのにも慣れてしまうだろうと思っていた。いっぽう彼女は、この結婚生活はもって二年だろうと予想し、そしてダニエラは何も考えていなかった。生後六か月の赤ん坊はものを考えないからだ。

(わかっている、下手な笑い話だ。でもこう書くしかなかったのだ。それよりあの時代そのものが笑い話──もう耳にすることもなくなった、不意でつかの間の騒音──だと考えたほうがいい。)

あの日の午後、テレビの前でダニエラがいったいどう感じていたか、それを知るにはまだ早い。彼女は両親が一緒にいるのを、本物の夫婦らしくしているのをもちろん初めて見た。ベロニカは花嫁の格好をし、髪をてっぺんで丸くまとめていて、今より痩せてはいたがとても美しかった。フェルナンドはあちこちに微笑みかけ、緊張しているというよりはむしろ有頂天で、借りもののタキシードを自然に着こなしていた。繊細な手をした、とても痩せた司祭が完璧な言葉遣いで祝辞を述べると、ダニエラの両親はいくらかおずおずと、というか遠慮がちに、互いの唇にキスをした。何はともあれ、いい結婚式で、それまでのところはとてもいい結婚式だった。遠い親戚のおばたちはちょっとしたことにもすぐ喜びの涙を流し、いっぽう、年寄りたちは若者と執拗に交わろうとしていた。髪をポマードで撫でつけた会社員たちは、どぎつい色をした大きな結び目のネクタイと格闘中で、同伴している女たちは流行りのドレスで着飾り、作りもののようにも見えるが間違いなく本物の喜びの表情を浮かべてカメラを見ていた。

両親がキスするのを見る以上にダニエラを困惑させたのは、生後六か月の彼女自身が、誰かがトイレに立ったりポンチをこぼしたりするたびに違う人の手に渡され、微笑んだり泣いたりしている姿を見たことだった。式の招待客たちはグラスを片手に次々と気前のいいスピーチをし、最後には決まってダニエラ、ダニエリータ、ダニの名を挙げて、この子はこれからもっと幸せになることでしょうと言ってしめくくった。赤ん坊の彼女は式に合わせた服を着せられ、というよりもむしろ飾り立てられて、髪の色は今より明るく、ピンク色の頬をして、もう誰だか覚えてもいない人々の膝の上で泣いたり笑ったりまどろんだりしていた。

ダニエラは二つ目のビデオ、つまり母の二度目の結婚式のビデオを見たことがなく、おそらくこれからも決して見るつもりはないが、ベロニカがフリアンと結婚した日のことは、多少はっきりと覚えている。二つの結婚式、二つの披露宴、二つの異なる運命、あまりに多くのイメージだ。いっぽうには両親と生後六か月の彼女自身がいて、もういっぽうには母とフリアンとまたもや彼女が、五歳の彼女自身がいる。人を威圧する荘厳な教会ではなく、殺風景なオフィス、ニスを塗ったばかりの机、言葉をやたらと引きのばす女性、新郎新婦がそそくさと署名を済ませたとても大きな本、そして確かで短いキスと続く。そのあとすぐ母が、その二重か三重の抱擁に加わりたいが同時に加わりたくもない娘のほうへ駆け寄っていき、数少ない参列者が盛大な拍手で祝福する。

二度目の結婚式でダニエラがもっとも気に食わなかったのは、母がウェディングドレスではなく青いドレスを選んだことだった。それでもダニエラは楽しく過ごした。実はそれが彼女の人生における初めてのパーティー、覚えているかぎり初めてのパーティーだった。ベロニカがフリアンとのなれそめを記念してつくった巨大なクリームケーキを三切れ平らげ、踊り、大いに踊った。相手はいとこや祖父、母、さらには継父となったばかりの男、その当時の彼女にとってはまだ昼ご飯によく招かれる客にすぎなかったが、それから三年後の今、木々の物語を読んで自分を寝かしつけてくれたばかりの男だった。

『木々の私生活』のお話をもうひとつしてあげようか？

うん、とダニエラは答える。するとフリアンはしぶしぶ頷く。目も耳も痛く、気が進まないからだ。できれば無責任にさっさと眠りたい、明日は、あるいは昨日は、しゃきっと目を覚ましたい。短いお話でないと、最初のところだけ、娘がまた眠くなるまで。まるで小さな庭の植物を育てるように木の世話をする巨人のお話か、樫の木に上ったまま二度と下りてこようとしなかった子供の冒険譚がいいかもしれない。フリアンは話がだんだんこんがらがってきそうな予感がする。たぶん即興でつくったほうがいいだろう、と彼は思う。たぶん即興でつくることだけに意味があるのだと。

ポプラの木とバオバブの木は、公園によくやってくる気の狂った人たちの話をします。公園に来る狂った人はたくさんいるということでまず意見が一致します。公園は狂った人間だらけだけど、僕のお気に入りはね、とバオバブが言います。あるとき僕と話をしに来た、ものすごく腕の長い女の人だ。ずっと昔のことなのに、まるで昨日のことのように覚えているよ。彼女がここへ来たとき、僕はまだ二百十五歳か二百二十歳くらいだった。君はまだ生まれてもいなかったはずだ。

フリアンはすぐに自分が間違いを犯したことに気づく。ダニエラはバオバブの歳を聞いて驚き、うとうとしていたのに急に目が覚めてしまう。ポプラとバオバブが長年一緒に暮らしてきて、その公園に植えられてからずっと人生を共にしてきた実に仲のいい友だちだと理解しているのでなおさらだ。窮地を脱しようと、フリアンはくどくどと細かいデータをでっちあげ、バオバブは今千五百歳でポプラはやっと四十歳ということになる。ダニエラはまだ混乱していたので、フリアンは物語を立て直すにはかなり頑張らなくてはならないなと思いながら話を続ける。

あれはものすごく腕の長い女の人だった、とバオバブが言います。口のなかに小帯があったので最初は子供だと思ったけれど、子供ではなくて、地面まで届くほど長い腕をした女の人だった。必ずしも美人というわけじゃなく、むしろとても変わっていた。目は緑色で、髪は短くて白く、肌は浅黒く、口のなかに分厚い小帯があって、それに地面まで届く長い腕をしていた。彼女は画家だった。あるいは画家だった過去があり、名前をオトコといった。

フリアンは話を狂った女に絞ることにしたが、彼女のことをもはや狂った女ではなく、孤独な女、あるいは木に向かって独り言を言う女だと思うようになる。そこで彼はオトコに、年老いたバオバブの木の前で独り言を言わせてみることにする。

私は画家よ、とオトコが言います。でもある事情から画家を続けられなくなってしまったの。その事情というのは私の腕のこと。こんなに長くなってしまって。これだけ腕が長いと、絵を描くのはすごく難しいの。目は疲れるし、キャンバスが遠すぎてほとんど見えないくらい。

メガネをつくってもらったけれど、少なくとも小帯をとってもらうまでは使わないつもり。子供のころからのモットーだから。小帯かメガネか。私は小帯を選んだ。腕がこんなに長くなってしまうなんて、絵が描けなくなるなんて、思いもしなかった。人間の腕がこんなに伸びるなんて尋常じゃないわ。木の枝は違うわね、木の枝はどんどん伸びるもの、あなたのほうがよく知っているはずだわ、バオバブさん。枝は急に枯れてしまうまでどんどん伸びていくけれど、人の腕がこんなに伸びるなんて普通じゃないことなの。

普通じゃないけれど、そんなに珍しいことでもないのかもしれない。もしかして私は千人に一人、一万人に一人の人間なのかしら、だとしたら素敵だわ、特権だもの。問題であり特権ね。

だから、別の仕事を探すことにするわ。落ち葉を拾う仕事はどうかしら、それなら私にも簡単にできそうだわ、屈む必要もないから。私は一日中公園を歩き回って落ち葉を拾うことにしようと思うの。

ダニエラがふたたび眠りについたので、それ以上続ける必要はなかったにもかかわらず、フリアンはそのままお話を続ける。だが今度の語り手は、画家でもなければ落ち葉拾いでもなく、オトコよりも美しい、または少なくとも腕はオトコほどには長くない、普通の長さの腕をもつ別の女である。それはベロニカではない。まだどこか遠くの大通りで足止めを食っているベロニカでは決してない。ある意味でベロニカは、フリアンが誰に聞かせるでもなく、眠っている娘のために声に出して即興でつくる物語に出てくることのない、ただ一人の女性なのだ。

ダニエラが例の昔の結婚式のビデオを見つけたその日、ベロニカとフリアンはむさぼるように、あるいはベロニカがフリアンの背中を噛みながら笑って言うには破廉恥にもセックスをした。

二人はワインを二本用意し、夜どおし大口をたたき合っているうちに現在がずるずると引き延ばされていった。だがうっかり、不意に現実に引き戻される瞬間もあった。ベロニカはフリアンを見て、ゆっくりと、まるで一字一句たどるようにこう言ったのだ。私が死んだら、娘にはフェルナンドと暮らしてほしくない。あなたか母と一緒に暮らしてほしい。フリアンは出来の悪い映画に出てくる理想的配偶者と化して、彼女をひしと抱きしめ、君は死んだりしないよと言った。そしてふたたび彼女に挿入し、ふたたび一緒に笑い、そうやって明け方まで酒を飲み、セックスし続けた。

その言葉を思い出して、痛いところを突かれた気がする。いくつか無駄に電話をかけたところだが、絶望は募るばかりだ。フリアンは靴のなかで指を曲げ、まるでお花畑か地雷原を歩くように、おそるおそる家じゅうを歩き回る。娘の部屋では、スポンジ・ボブの形をした時計が午前二時半を指している。この時計が午前二時半を指しているのを誰かが見るのはきっとこれが初めてだろう、とフリアンは思う。まるでそうわずかに確信することが、待ち時間を帳消しにしてくれるかのように。

小説は続く。たとえ、ベロニカがやってこないという思いつきの不当な法則に従うためだけであったとしても。今のところは時代背景もBGMもなく、あるのは明らかに場違いで行きすぎたひとつのフレーズだけ、それをフリアンは声に出して反復し、その声は次第に大きくなり、その後小さくなっていき、ふたたび沈黙が訪れる――まるで見えない観客席にいる誰かが、フリアンの声の大きさを調節して面白がっているかのようだ。そうやって彼はその場違いなフレーズを十回口にする。僕は家族が誰も死んでいない家の子供だ、彼は壁に向かって、まるで壁がガラス窓であるかのように言う。やあ、僕は家族が誰も死んでいない家の子供だよ。

もうずっと昔の話、大学の奥まった中庭でハッパを吸い、べとべとのメロン入りワインをちびちび飲んでいたときのことだ。昼過ぎから同級生の仲間たちが集まり、死が執拗に繰り返し現われる家族の話を語り合っていた。集まった者のなかで、家族が誰も死んでいないのはフリアンだけで、そのことを知って彼は奇妙に苦々しい思いを味わった。友人たちは、亡くなった両親や兄弟が家に残した本を読んで育っていた。だがフリアンの家族には、死んだ者もいなければ、本もなかった。

棟続きの家と、花が咲き乱れる前庭。夏が来るたび、壁の煉瓦を冬の白で塗り直したものだ——あの「冬の白」という名前は、何度口にしても素敵だった。おそらく一度か二度しか塗り直していないのだが、フリアンとしては、毎年夏にかけて家族総出で煉瓦を塗り直していたと思いたい。家は何十年ものあいだ新しいままだった。たぶんまだ新しいままなのだろう、きっと新しい家族が引っ越してきたばかりで、まもなく家のなかに落ち着くころなのだろう、と彼は思いを巡らせる。

濃密な郷愁の底を探っているうち、フリアンはロサンゼルス五輪が開催された一九八四年の空を切り裂く一本の槍のイメージにたどり着く。盆栽というアイデアに固執するあまり、彼は間違いなく時間を無駄にしてきた。今、彼はこう思う。これから書くに値する本が一冊だけあるとしたら、それはあの一九八四年の日々についての長い物語なのだろう。それだけが正当で、必要な本なのだ。

彼はいささか苦労して、ようやくその場面を抜き出す。彼はテレビの前の、合成皮革だがどう見ても本物のレザーの黒い肘掛椅子に座って、というかよじのぼって、飛んでいく槍に釘付けになっている。そうしたありきたりの家々のすぐそばで死が生きているのだが、その一九八四年の子供はそのことを知らないし、知る術もない。彼は槍投げや競歩を見ている――彼は走るのを禁じられたメキシコの選手たちを見ているのが大好きで、彼らが全速力で整然と歩く姿を真似して楽しんでいる。

そんなある日の午後、フリアンの父が四つの巨大な箱を抱えて仕事から戻る。フリアンと姉も手伝って開けてみると、最初の箱には「大作曲家」コレクションのカセット百本が入っていて、残りの三つには、世界文学全集、スペイン文学全集、チリ文学全集が入っている。それぞれページュ、赤、こげ茶色の表紙の、何十巻もの廉価版のシリーズで、なかのページは分厚く黄色がかっていた。それまで、家には車の修理マニュアルとBBCの英語のテキストしかなかった。新しい本は、家族の繁栄ぶりにふさわしい最低限の豊かさをもたらした。

その家族を構築するのは容易ではなかった。友だちのことは忘れて、新しい友だちをつくる必要があった。意識を集中させる必要があった——目かくしをした状態で、人ごみをかき分けて進み、答えにくい質問の川を渡り、幸福も貧困もない未来へと至る小道、あるいは近道を探さねばならなかった。もう宝物の箱はない。あるいは空っぽの箱、空にされた箱だけがある。指輪もなく、髪の房もなく、折りたたまれた破れかけの手紙も、セピア色の写真もない。人生とは、けばけばしく決定的な色をもつ近い過去をつくり上げていく、巨大なアルバムなのだ。

フリアンは自らのアイデアに固執したことを呪う。結局のところ、カルラと暮らしていたときに、階下のバーから聞こえてくる会話を記録しておくべきだったのだ。そのほうがはるかによかっただろう。死んだイメージに命を与えようとするのではなく、一九八四年のその子供が生きているような生活を描写すべきだったのだ。文学を生み出すのではなく、身近な鏡のなかに入り込むべきだったのだろう。彼はたった二つの章でできた小説を想像する。第一章はとても短くて、その子供が当時知っていたことが記録される。第二章はとても長く、事実上無限とも言えるほどで、その子供が当時知らなかったことが語られる。その物語を書きたいわけではない。それは計画ではない。むしろ、そういう小説を何年も前に書いていて、それを今読めたらよかったのにと思うのだ。

その日の終わりに、居間で書棚を組み立ててから、父は家族をメトロポリス盤の周りに集める。夜の九時になると、父は酒を飲み始め、母はアイロンがけにとりかかり、子供たちが中庭で遊んで擦り傷を負っても、部屋を暗くして鬼ごっこをしても、風呂で石鹼の泡をぶくぶくさせても、キッチンで腐った牛乳の入った変なデザートをつくったとしても、まったくお構いなしという家族もある。居間で責任感あふれる会話を交わしながら、日が暮れるのを眺める家族もある。その時間になると死者たちのことを思い出し、悲痛に顔を曇らせる家族もある。誰も遊ばず、誰も会話をしない。大人たちは誰も読まない手紙を書き、子供たちは誰も答えてくれない質問をする。

いっぽう、こちらの家族は、メトロポリスをしながら夜間外出禁止令の時刻を待っている。用意はできた。病院、刑務所、映画館、銀行、さいころ、行き先カード、家、ビル、通り。ゲームをするのは、下から這いあがり上を目指す真面目な男、優しげで悲しげな顔の女性、美しい華奢な女の子、そして八歳か九歳の、フリアンという名だが本当はフリオだったはずの男の子だ――これは信じがたいが本当の話で、両親はフリオにするつもりで戸籍係の前でそう伝えたが、担当官はそれをフリアンと聞き違え、出生証明書にもフリアンと書き込み、両親もそれを正そうとしなかった。あのころは戸籍係さえも、絶対的な尊敬と畏怖の対象となっていたからだ。

テーブルの周りに、浅黒い肌の男と、色白の女性と、それほど色白ではない女の子と、それほど浅黒くはない男の子がいる。浅黒い肌の男がいつも勝つ。色白の女性はすぐに飽きてしまい、ゲームから下りる。それほど色白ではない女の子は完全に負けるまでゲームを続け、そわそわした目で、今度こそ浅黒い男に勝つと心に誓う。名前を変えられたそれほど浅黒くない男の子は、勝ちたくも負けたくもなく、ただコカコーラがもっと欲しいだけだ。父は娘があきらめないことを嬉しく思うが、娘に勝つこと、勝ったこと、いつも勝ち続けるのは楽しい。いっぽうの母は、だいぶ前に不動産をすべて抵当に入れ、子供たちに金を等分に分け与えた。今は座ってビオレタ・パラの曲のコードを試していて、今にも歌い出しそうだ。そう、まさにこれなのだ。彼らがゲームをするのを眺め、一九八四年の彼らの顔を観察し、彼らのことを笑い、彼らに同情し、その率直で張りつめた倦怠を共にすればいい。

今、フリアンは水色のトバラバ通りの近くに住んでいて、その前は青のイララサバル通りにほど近いニュニョア広場の前で、敵になる寸前だった女と共に暮らしていた。その家へは、メトロポリス盤にも出ていない別の通りを通って帰った。巨大な首都の西の彼方にあったからだ。それらの色のない通りは、彼の記憶のなかで灰色がかった色彩を帯びる。フリアンの子供時代と青年時代の初期を通じて、それらの通りは白かった。今になってそれらは埃にまみれている。今になって、つい最近、時がそれらの通りを汚すに至ったのだ。

朝の四時になり、フリアンはそれまで真っ向から否定していた可能性を見直す。ベロニカは遠くの大通りで足止めを食っているのではなく、もう家に戻らなくてもいいと今回は彼女を説得した男の家にいるのだ。フリアンは細部を省くことなく、その図を構想する。湿った壁と、愛人たちを照らし出す灯油ストーブの炎を思い浮かべる。二人はポーズをつくらず、動きを止めてカメラに手を振る余裕もない。オレンジの皮の匂い、あるいはお香の匂い、肉体が触れ合ううちに薄くなった香水の匂い――そして汗に光るベロニカの太ももと、なめらかな熱い肌の匂い。

家ではない、とフリアンは思う。だが、人工的な音をかすかに響かせるプールのある、鏡をはりめぐらした派手な部屋をつくり出すのに、長い一秒をかける。強いウィスキーで朦朧となり、コカインを何筋か吸ってハイになったベロニカが、誰かの上でゆっくりと体を動かしているところを思い浮かべる。これこそ完璧で疑いの余地なき説明だ。ベロニカは絵画教室の教師と寝ているからまだ戻らないのだ、短いつもりのセックスが長いセックスになってしまったのだ。よくあることだ。今この瞬間にも、その絵画だか文法だか量子物理学だかの教師が、ベロニカに六度目か七度目の挿入をしている最中なのだ――心配しなくていい、とフリアンは声に出して言う。心配しなくていいよ、もう娘は寝かせた、お話を聞かせてやったんだ、急ぐことはないよ、どうかそのまま続けてくれ、この売女君、あともう一回くらいは彼をしゃぶってやらないとね。

だが、これは乞食になりすましたり、他人の侮蔑に耐えぬく大会などではない。そのおぞましい推測の火を掻き立てもせず、フリアンは筋書きをなんとか変更する。妻が遅れている理由はそんなことではないと確信する。遠い大通りで足止めを食っているベロニカのイメージが巨大化し、ある種の真実に変貌をとげる。

彼は檻のなかのライオンのように――むしろ猫のように、あるいは何か月か前に娘が同情心から選んだ風変わりで恐ろしい魚たちのように――床に寝そべっている。これを切り抜けられたら、とフリアンは考える。お金を貯めて、バルディビアかプエルトモンにみんなで休暇に行こう、いやそんなに待つこともないかもしれない。これを切り抜けたら、土曜日に念願の雪を見に行くことにしよう。この案は、古くさい階級的なひがみから却下していたのだが、彼はそれを今考え直す。チリの雪は金持ちのためのもの、それは重々承知しているが、もう彼も自分と縁の薄い人々とうまくやっていくのに慣れたし、しばらく付き合えば彼らも愛すべき人たちになるものだ。この計画はすぐに没となり、長続きしない。彼流の言い方に従うなら、深い亀裂に気づいたからだ。僕たちはこれを切り抜けることはできない。これを切り抜けるというのは、ベロニカが、何時間も前から閉ざされたままの玄関の敷居を、まるで何事もなかったかのようにまたいでくるということだ。これを切り抜けるというのは、もしかすると目覚めるということなのかもしれない。だが目覚めることはできない。すでに目を覚ましているからだ。

それでも、彼は雪のことを、小説の世界に追いやられてしまった幻の空間のことを考え続ける。若者たちが重い病気にかかり、年寄りが昔の恋を回想する世界のことを。雪とは、彼の頭のなかにある盆栽のように、粗けずりで美しい日本趣味である。彼は雪をこの目で見てみたい――ずっと前から見てみたかった。たとえば十八歳のころにバスに乗って、五つ星ホテルの厨房で雇ってもらい、人使いの荒い、おそらく退役したばかりの元軍人シェフのもとで働いていたとしたら。自分が下から、雪の上から、豆粒のような観光客でごった返すスキーのリフトを眺めているところを想像する。

白い部屋の壁に近寄る。その壁が冬のように白いのか、あるいは雪のように白いのかを滑稽なほど真剣に決めようとする。壁を雪の色に塗ることができるものなのかはわからない。彼は雪を見たことがない。目を閉じ、瞼を二十秒、三十秒押さえる。それから、そっと、おそるおそる、今のところは絵の描き方を学ぶための本によく似たこの確かな輪郭をもつ物語に戻る。部屋が三つに、普及版の小さな全集のシリーズが三つある。青、白、緑、ベージュ、赤、こげ茶色。アルトゥーロ・プラット通りはこげ茶色。チリ文学はこげ茶色。部屋は白、たぶん雪も白。通りは白くない。通りはどこも水色か紺色、淡緑色、エメラルドグリーン、赤、ピンク、黄色。アウマダ通りは赤、レコレタ通りはピンク、今住んでいる通りに並行して走るトバラバ通りは水色、ビルバオ通りと同じだ。七月十日通りとビクーニャ・マッケンナ通りはオレンジ色。

父と子供たちがメトロポリスをやっているあいだ、母はビオレタ・パラの曲を丁寧に正確につま弾く。母は左翼の歌を、まるで右翼の歌であるかのように歌っていた、とフリアンは思う。母は自分が歌うのにふさわしくない歌を歌っていた。夜になると肘掛椅子にもたれて、くつろいだり、本物の痛みを夢に見たりしていた。母は、左翼の歌を右翼の歌に変える装置だった。母は、他の女性たちが喪服を着て死者を弔うために歌うのと同じ歌を堂々と歌っていた。

するとあのビオレタ・パラの歌を口ずさむ母の甘い声が聞こえてくる。

あなたを忘れるため
私は土を耕そう
悲しみを癒す術が
そこに見つかればいい

今、彼は暗闇のなかにビオレタ・パラの赤銅色の顔を探す。天井の高い、土の床の冷え切った部屋で、花に話しかける孤独な女のイメージを思いついた夜に歌っている彼女の姿を思い浮かべる。

メリッサの若芽よ
私の苦しみが増すときは
私の庭の花たちが
看護婦になってくれるはず

私の庭の花たちが／看護婦になってくれるはず。フリアンは乾いた声で呟くように口ずさむ。しばらく前から、この曲はそれまで聴いたなかでいちばん美しい歌だと思っている。だが今は、その音楽のことは脇に置いておくほうがいい。

待っているうちに途方に暮れたフリアンは、孤独な女、独り言を言う孤独な女たちの長い不正確なリストを思いつく。僕のお気に入りの狂女はエミリー・ディキンソンだ、と彼は思う。これでもう二人だ、と彼は言う。ビオレタ・パラとエミリー・ディキンソン、この二人が孤独な女のリストの筆頭に来て、この二人が庭で独り言を言う。エミリー・ディキンソンの白くて捉えがたい顔が見える。Our share of night to bear / Our share of morning,

とフリアンは誰に聞かせるでもなく、眠っている娘のために朗読する。そして無意識のうちに、エミリー・ディキンソンの詩句のなかに自分自身の声を見いだそうとするかのようにそれを繰り返す。Our share of night to bear / Our share of morning.

彼は最初の一節だけ、そこだけを、たどたどしく訳す。私たちが共にする夜を耐え忍ぶ、私たちが分かち合う夜を抱える術を知る、私たちが共にする夜を背負う、暗闇を耐え忍ぶ。鉛筆の先は線を引き、インクは黒い水となってページを覆う。そしてフリアンはその黒いページに声を加える。彼の本当の仕事は声を加えることだ。彼の本当の仕事は、通り過ぎる車や大通りの真ん中で突然停まる車の数を数えることだ。彼の本当の仕事は、孤独な女たちと一握りの黒い雪を描き出すことだ。彼の本当の仕事は、言葉をつくり出し、それを音のなかで忘却することだ。

今、彼はふたたび、誰に聞かせるでもなく、狂ったように朗読する。耐える、もちこたえる、背負う、耐え忍ぶ、抱える、我慢する、引き受ける。夜を引き受ける――暗闇を受け入れる、私たちが分かち合う夜を抱える術を知る、夜の一部を受け入れる、暗闇に打ち克つ、光から身を引く、夜のなかに入り込む、暗闇を引き受ける、夜を引き受ける。

鉛筆の先は線を引き、インクは黒い水となってページを覆う。

それで、ダニエラは？　ダニエラはどうなるのだろう？
彼は四十分前から座って紅茶の入ったカップをかき回している。そしてこの差し迫った問い、距離をつくり出すには何の役にも立たない問いに行きあたる——距離、それこそ彼の望むものだ。彼は何年もの、あるいは何キロもの距離をつくり出したい、獲得したい、買いたいと思う。というのも、もう朝の五時になろうとしていて、この本は続くからだ。たとえ閉じられても本は続く。

そしてその別の本、彼が読み、擦り切れて文字が判読できなくなるほど読み返してきたあの本を、いつかダニエラが読むだろう。そして、読んだあとでフリアンのところにやってきて、「あなたの小説を読んだ」「気に入った」「気に入らなかった」「すごく短いわね」

などと言うだろう。あるいはフリアンのところには来ないだろう、というのもそのころには、彼はダニエラから遠く離れた場所で、一人で、あるいはもしかすると彼自身の子供たちと一緒に暮らしているだろうから。この最後の可能性が、彼の心をひどくかき乱す。

冷たい外気で頭を冷やすべきかもしれない。窓を開けるべきかもしれないが、窓を開けるのはあきらめた。彼は、ルールを知らないゲームにおける新たなポジションを、手探りで探す。

たぶん、これまで一度もいなかった彼の敵たちが、この機に集結することに決めたのだろう。

たぶん、すべてはもっと単純で、彼がいつものように誇張しているのだろう。やがて平穏が戻り、彼はふたたび、ついに、語りの声になる。それこそが彼のなりたいもの、いつか歳をとったときになりたいものだ。声だけの存在。

未来は語りの声たちのものだ、とフリアンは声に出して言う。

やあ、こんばんは、と彼は言う。僕は語りの声だ。

市場で入手可能な、最高の語りの声さ。

彼は、十五歳のダニエラが、バスで田舎の旅から戻ってくる姿を想像する。肌の色は少し濃くなっているが、眼差しは今のままだ――彼女のほとんど緑色の目が穏やかに景色を眺め渡す。彼女は読書もしないし、音楽も聞かない。ときどき長い睫毛を絡ませるかのように瞬きをして、乾いた丘や、放し飼いの馬や、しつこく現われる広告といった景色にすぐに視線を戻す。

彼は、二十歳のダニエラが、待合室で雑誌を読みながら、青いメッシュを入れた髪を結ぼうとしている姿を想像する。ダニエラが何を待っているのか、誰を待っているのかわかるまで、そのイメージに留まっていることもできたかもしれない。しかし彼はそこまでは知りたくない。彼が知りたいのはほんの少し、必要なことだけだ。

その後、二十五歳の彼女が公園にいるところを想像する。ダニエラは両手で日差しを遮り、遠くにいるアイスクリーム売りか綿菓子売りを、あるいはピクニックかバーベキューかペヨーテの回し飲みに誘ってくれた友だちを探している。

そして三十歳――というふうにフリアンは五年ごとに考えていく。恋人のエルネストと一緒にビーチにいる三十歳のダニエラを思い浮かべる。二人は浜辺を歩き、彼が先を行く。あるいは、足をひきずり、砂の下の地面を感じるために強く足を踏みしめて歩いていくのは彼女のほうかもしれない。

ダニエラは三十歳でフリアンの小説を読むだろう。これは予言ではない。彼に予知能力はないからだ。それに、必ずしも願望というわけではなく、計画のようなもの、徹夜して、苦しまぎれに大急ぎで書き上げた台本のようなものだ。彼は現在から切り離された未来を垣間見たいので、未来が現在から守られるように、心から、愛をこめて、出来事を配置していく。

ベロニカが戻ろうが戻るまいが、生きていようが死んでいようが、出ていこうが、残ろうが、それはどうでもいい。いずれにせよ、ダニエラは三十歳になってエルネストという恋人ができるのだ。いずれにせよ、ダニエラは三十歳で僕の本を読むことになる、とフリアンは言う。その声は乾いた空気を飲み込んだように響き、彼の顔は恐れることなく薄暗がりのなかへ入っていく。

フリアンは消されてなくなる染みだ。

ベロニカは消されても残る染みだ。

未来とはダニエラの物語だ。

そしてフリアンはその物語を、未来のその日を想像し、書く。場面は同じで、ダニエラは今と、つまり当時と同じアパートに住み続けている。改装したばかりで、壁の色はもはや緑と青と白ではないが、年を経てもなお手つかずのままのものもある。ダニエラは紅茶の葉やトースターやピンや懐中電灯や夏服の在りかを知っている。もう汚れた絨毯も割れたガラスのかけらもない。もう蜘蛛もゴキブリも蟻もいない。ダニエラは昔と同じ青の部屋を使っていて、白の部屋には本とCDがある――客間は今やれっきとした客間になっていて、家出したり失業したりした彼女の友だちは、ほぼ全員、その部屋に寝泊まりしたことがある。

ダニエラは心理カウンセラーだ。かつて、自分の心理カウンセラーに相談してからでなければ何かを決めることなど考えられないと言ってもいい時期があった。これは、どちらかといえば遅れてチリにやってきた流行で、すぐにすたれた。きっとヨガや霊気の専門家が進出してきたせいだろう、一夜にして何百人もの心理カウンセラーが職を失ったのだ。

ダニエラがチリ大学で心理学を学び始めたころには、すでに心理カウンセラーは不安定な業種になっていた。彼女は学位を取ったあと、二、三か月のお決まりの無職の期間を経て、ようやく国営ラジオのアナウンサーの職を得た。

ダニエラの担当は午前九時から十一時までで、国営ラジオのあらゆる番組と同じく市民の声を聞くという内容だ。彼女はいつも放送の前にシャワーを浴び、朝食をとるのだが、今回はそのどちらも省くことにした。番組が始まる二分前に防音パッチを取り出して、部屋のドアと窓を丹念に密閉する。そしてベッドに戻り、赤いボタンを押して軽くリハーサルをしたあとで、ようやく納得のいく声を出すことができる。

ダニエラの声には、聴く者の耳を欺く若々しさがある。それは少女のかすれた声でもあり、五十代の女性の温かい声でもある。リスナーは彼女の年齢を知らないが、それは彼女が滅多に自分の話をしないからだ。最初の電話がかかってくるまではどんなことでも話すけれど、選ぶテーマで自分をさらけ出すことがないよう、細心の注意を払っている。その意味で彼女は母親と似ている。気安く打ち明け話をしたりせず、当たり障りのないことや、鋭い愉快なコメント、思いつき、説得力ある意見しか言わず、そうした話も、話している声についてはほとんど何も、いやまったく教えてはくれない。同僚の多くは、恥ずかしげもなく、他人の忍耐で己のエゴをすすいでいる。彼女は違う。だからこそ彼女の番組は聞いていて楽しい。

彼女はいつエルネストと知り合ったのだろう？　ひょっとして大学の同級生、生徒か教師だったのだろうか？　ある講演をした人、ある学者が、そこで最前列か最後列にいた彼女を見初めたのだろうか？　エルネストとは何者だろう？　どんな性格なのだろう？　まあいい。ともかく、二人はダニエラの家、この家で暮らしているのだが、今日に限って彼女はひとりきりだということ——エコツーリズムのプロジェクトに関わっている彼がキトに発つのを、昨日、空港で見送ったところだ。

ダニエラはエルネストが頻繁に出張するのが気に食わず、そのせいで今、ある女性リスナーの打ち明け話を聞いているあいだも、もやもやした心の乱れがずっと続いている。またもや、エルネストのいない最初の日、すでにいやと言うほど知っているあの期間の始まりだ。孤独と、もやもやした心の乱れ。ダニエラは番組のテンポを早め、話を長引かせないようてきぱきと仕切っていくが、声の温かさはそのままに、毎日彼女の声に耳を傾けているささやかなファンのグループが存在するという自覚は決してなくさない。

彼女は次第に孤独を楽しむようになっていることを否定できない。いっぽう、エルネストと過ごす日々は、重苦しく不快に感じられる。暴力や嫌悪感があるわけではない。それは間違いのようなもの、エルネストとダニエラが後世に向けてポーズをとっているキャンバスの上に誰かが広げた覆いのようなものだ。彼女はエルネストがもうじき二度と戻らなくなることを知っている。最初は狼狽し、次に怒り、最後は完全な安らぎに満たされている自分を想像する。大丈夫、婚約はしていなかった、それでいいのだ。人は愛さなくなるために愛し、そして他人を愛するか、またはひとりきりになるために愛するのをやめる。少しの間、あるいは永遠に。それが原理だ。ただひとつの原理なのだ。

流れに目を凝らしてごらん。ほら、橋が前に進む、僕たちが前に進む、流れが止まって淀み出す。子供のころよく連れていってもらった橋の上で、継父のフリアンは彼女にそう言ったものだ。最初のうちは難しいけれどすぐに慣れるさ。よくある騙し絵みたいなものだよ、龍とか、熊とか、誰かの顔とか、何かの形が浮かび上がってくるまで目を凝らしていなくちゃいけない。もう一度見てごらん、目を凝らして、水をじっと見てごらん、そのうちに、自分が前に進んでいるような、橋が前に進んでいるような気がしてきて、しまいには川が川でなくなる。水が流れを止めて、今、水のなかをボートに乗って進んでいくのは君なんだ。

マポーチョ川に架かる橋の欄干にもたれるフリアンの姿。ダニエラはその思い出を誰にも話したことはないが、人間関係を築くために何度も利用してきた。最初は小さな裏切り、言ってみれば悪戯のようなものだった。十五歳のとき、父と、つまり実の父親と散歩していたある日の昼下がり、長い距離を歩かねばならなかったにもかかわらず、あの橋に父を連れていくという誘惑に抗しきれなくなった。謎めいた様子で父の手を取り、橋に着くと、努めて厳かな口調で、フリアンの言葉を、まるで自分の言葉であるかのように繰り返した。彼女は、かつて継父とよくそこへ来ていたこと、少しのあいだ川の流れに目を凝らすというただそれだけのために街の端から端まで歩いていたあのころのことを、もう少しで父に話してしまいそうになった。だがそうはしなかった。その代わり、ここは私のお気に入りの場所なのよ、パパ、と言い、それは嘘ではなかった。ここから川の流れを止めることができるの。橋がボートになって岸に近づいたり遠ざかったりするのよ。

その日の散歩以来、ダニエラはこれを自分だけの秘密の冗談、自分だけの合言葉にすることにした。彼女の恋人になった男はみなマポーチョ川の橋へと連れていかれ、それぞれ、自分はその秘密の儀式の最初の証人なのだと思い込まされた。今朝、彼女はエルネストを相手にそのイメージを最後に利用したときのことを思い出した。そして今はあの橋に一人で行き、川の流れに何かを――写真、帽子、なんでもいい――投げ込みたい気分になっている。その何かが濁流に呑まれるのを見るという純粋な喜びを思い、おそらく輪を閉じるということも考えるが、彼女は輪を閉じるとか、何かのプロセスを終えるといった作り話を信じていない。彼女が信じているのはむしろ、そうしたプロセスなど存在しないということ、私たちに見える輪というものは、決して正しいものを指し示してはいないのだということだ。

あのとき、エルネストと橋の上にいたときは違った。彼は最初から隠しごとを嫌がっていたので、彼女の告白を聞いて不安そうな反応を示し、自分が悪戯の犠牲者になっている、自分がサイレント映画の主人公になっているなどとは――彼は疑り深い人間ではなかったので――露ほども思っていなかった。むしろ、ダニエラが自分の言葉にまとわせる術を知っていた告白調に困惑した。彼はすぐに沈黙を破って、橋やそれが建造された時期について語り始め、同じ時代につくられた建物や記念碑の名前を得意げに並べたてた。それがエルネストという男だった。何でも一通りかじっている物知り顔の若者。しかし、そうした現実とぶつかるのは、ダニエラにとって決して悪いことではなかった。

私の父は一度も本を書いたことがないの、とダニエラは声に出して言う。彼女の発見したこの考えは明白だ。父親は作家ではない。継父も厳密に言えば作家ではなかった。本物の作家ではなかったが、今のところはそうした考えを強化し、引き延ばし、少し誇張する必要がある。

お父さんの職業は?
エンジニアです。
お母さんの職業は?
イラストレーターです。

彼女の世代ではほとんどの子供に継父か継母がいたにもかかわらず、継父の職業について尋ねられることはあまりなかった。当時、継父や継母はそうした蔑称で呼ばれてはいなかったが、それはおそらく、そのころ継父と継母が山ほどいたからだろう。長いリストに名を連ねるそれらの継父や継母は、最初のうちは好かれるが、もう二度と会わなくなると、すぐに忘れられた。そして永久に姿を消すか、何年も経ってからスーパーの行列で偶然再会したりするのだった。
彼女の場合は違う。彼女の継父は一人だけであり、そのことを幸運に思うべきだろうと彼女は今考える。継父が一人しかいなかったというのは、安定の印だった。継父の職業に関する問いは質問表になかったので、彼女にはその答を決める機会が一度もなかった。作家か教師、そのあたりが選択肢になっていただろう。月曜から土曜は教師、日曜に執筆をしていました。

では、仮に父が、たとえば回想録を書いていたとしたら？　あるいは彼女自身、ものを書こうと思ったことは一度もないが、父の物語を救い出すべきなのだろうか？　どうして物語を救い出したりせねばならないのだろう？　それ自体が存在していないかもしれないのに。登場人物に最適なのは誰だろう？　父か、母か、それとも継父か？　孤独が彼女の敵に回ってしまった。きっとエンジニアとイラストレーター、あるいはイラストレーターと作家と呼ばれるべきであろうそのゲームに、彼女は頭を悩ませる。どちらが最高の小説になるだろう？　イラストレーターの女に恋をするエンジニアの男の話だろうか、それとも作家に恋をするイラストレーターの女の話だろうか？

番組を仕切ったあと、ダニエラは母親のことを考える。生きているか死んでいるか、彼女にはわからない。

母はたぶん、ある晩単に帰ってこなかっただけなのだ。「ママはもう戻ってこない」とか「ママは死んだ」とか「とても悪いことが起きた、とても悲しいことが」と彼女に言ったのはフリアンだった。今、ダニエラは母のことを考え、それから父のことを考える。二人に会いたい気持ちになる。そしてよい選択をする。父を訪ねることにする。

ダニエラの人生にはたまにしか出てこないにもかかわらず、フェルナンドは娘が幼いころに描いた絵の大半に登場した。ときたま父の顔のパーツ——特に耳——を茶化して描きたくなる誘惑に駆られたが、たいていは美化し、理想化してしまうのだった。六歳のときにダニエラが描いたある絵では、父と一緒に雪のなかでスキーをする彼女自身の姿がある。そのころ彼女はまだ山に行ったことがなかったが、テレビで雪に関するドキュメンタリーを見たことがあり、雪は黄色く塗り、スキーはフォークみたいな形に描いている。

はるか昔に百日ほど続いた両親の結婚生活を除けば、ダニエラはフェルナンドと一緒に暮らしたことがない。フェルナンドはその数か月が終わったあと、若い女と家族をつくったり解体したりを繰り返し、そのたびに大きなマンションに引っ越していた。十年前からは昔の高層住宅——かつては本物の高層住宅だったが、もっと高いビル街にすぐ追い越されてしまった――に住んでいる。

フェルナンドは経営工学の学位を得たばかりで、インターネット会社ハッピーバースデーの経営者となった。ありとあらゆる誕生日パーティーの企画を専門とする会社で、たった半年しか続かなかった――思ったよりも続かなかったが、結婚生活よりはずっと長続きしたよ、とフェルナンドはよく冗談を言った。彼は自分自身をジョークの種にする専門家だった。というか彼ならばまたしても冗談でこう言うだろう。俺は自分をジョークの種にする専門家だよ、と。いずれにしても、彼のことをユーモラスな人間と定義するのは正確ではないだろう。なぜなら、フェルナンドはいわゆる面白い人ではなく、むしろ真面目な男だった。ただ、自己防衛としてある種独特のユーモアを身につけていたにすぎない。ネット会社ハッピーバースデーは空振りに終わったが、彼のその後のビジネスは一気に上向きになる。彼が歓楽街に出店したキャバレーは、単なるお遊びにすぎない。その他の事業は、事実上彼が関わらずとも勝手に回っていて、彼に大金をもたらしている。

今、ダニエラを迎えるにあたってフェルナンドが感じているのは、彼にとって初めての感情ではない。完璧すれすれの喜び、ほとんど絶対的な幸せなのだが、それが不完全な形であることは明らかで、ほんの少しの傾きがイメージを損ねている。彼としては、娘の訪問を予感していたなら、たとえば人には言えない急な用事があって、あるいは単に父と話をしたくて——父と娘が一緒にトマトソースのパスタを食べ、コーヒーを飲みながら、天気の話や、北部に新しくできた高速道路の話をするという場面をつくるために——予告もなしにやってくると気づいていたらよかったのにと思う。

　二人が話しているあいだに起きること、口にはされないこと、背後にある、話しているあいだも脈打っているおずおずとした非難やとるに足りないことを、どう言葉にすればいいだろう？　二人が隠しておくと決めたあの領域に、どう光を当てたらいいだろう？　困難な時期があったあとで、二人は不可侵条約、人生のわずかな部分しか共有していないと認識している両者による間接的な共犯関係を結んだ。今、二人は話している、もちろん話しているが、それは質疑応答形式ではない。尋問ではない。文字どおりの会話だ。うわべの会話が心地いいのだ。共に時間を過ごすというスポーツをするのが好きなのだ。

　フェルナンドがこれまで二度か三度会ったことのあるエルネストの話題になる。父は娘を喜ばせようと、自分は二人の関係を認めると言い、ダニエラは、エルネストとの関係があと数週間で終わるだろうとわかっているものの、父の遅ればせながらの承認に感謝する。彼女は寛容にも話を二年前に遡り、恋に落ちたころに立ち戻って、父の言葉を内容的にも時期的にもふさわしい場所に置いてやる。
そして、フェルナンドが経営するキャバレー《リタ・リー》の話題にもなる。いつものとおり、フェルナンドはこれまでの人生でずっと犯し続けてきた過ちをふたたび犯す。父親であることを忘れて、飛行機に乗るときのような興奮に身を任せ、言わなくてもいい話を娘にしてしまう。なぜかフェルナンドは、店のある踊り子との情事を語ることでダニエラが喜ぶと思い込んでいるのだ。

長い沈黙のあと、ダニエラが、もしお父さんが本を書くことがあれば今私に言った話はしないほうがいいでしょうね、と言い、自分の言葉に満足して残酷な笑みを浮かべる。その言葉を見つけた喜びが、父の話によって覚えた恥ずかしさを凌駕する。彼女は父が、哀れな女が光り輝く深紅のベビードールを脱ぎ捨てていく様子をうっとりと見つめている姿を思い浮かべる。同情と、かすかな心の痛みを覚える。しかしすぐに、それこそが父の書くべき本だろうと思い直す。誰にも語らず、吹聴しないほうがいい、墓まで持っていったほうがよさそうな告白の本。誰にも何も意味のなさそうな、誰も価値を認めないであろう告白の書。大事なのはそれを胸にしまっておいたこと、語るのに費やす息を節約したということなのだろう。


本を書こうと思ったことはないの？

ないな。どうして？

別に。本を書くなんて馬鹿げてる。話すほうがいいわね。ごめんなさい。

何が？

書くべき本がどうのこうのって言ったこと。

彼には理解できない。彼が理解しないこと、そのほうがいいことを彼女はわかっている。以上。

ダニエラは文学に興味がない。本はよく読むが、どちらかというと歴史や回想録やエッセイの類だ。実を言うと彼女はフィクションが苦手で、小説家の書く不条理な喜劇に我慢がならない。だいたいこんなふうな世界があったということにしておこう、私は私ではなく、信頼できる声だということにしておこう、あまり白くない顔、やや黒い顔、真っ黒な顔が通り過ぎる白い顔だということにしておこうといった類の。

しかしながら、父とのその昼食のあと、ダニエラはフリアンの小説を読むことにする。本を見つけるのは簡単だ。昔からずっといつもの棚に、きちんとアルファベット順に並んだ本のあいだにしまわれている。何年ものあいだ、それを読むだけの好奇心と、おそらく勇気が彼女にはなかった。今、その本を開いてみると、見返しにこんなメッセージを見つ

ける。《ダニエラへ愛をこめて。君が退屈しないことを祈って》
彼女には継父の字だとわかる——わずかな震えを抑えようとしたかのように、一字一字丁寧に書かれた文字だが、その震えが紙の上に残っている。喫煙者の書く字だ、と彼女は思うが、それは喫煙者の書く文字などというものが存在するならの話だ。孤独に身をまかせようとしていたダニエラは、フリアンの文字だとそんなにもはっきりとわかったことに驚く。彼女はフリアンが手で書いているのを一度も見たことがない。むしろ彼がパソコンに向かって、煙草を吸いながら、当時の彼女にはうらやましいほどの速さでキーボードを打ち、そのすぐ五秒後には打ち込んだのと同じ速さでそれを消していた姿しか覚えていない。

公園か空港にでも行って、何かを探すか、誰かを待つべきなのかもしれない。だが彼女は家に留まり、記憶が滴り落ちてくるのを待つことにする。彼女は、まるで家にいてくれと誰かに頼まれたかのように振る舞う。そして、読むというのがあたかも服従の行為であるかのように、学校の宿題で要約か作文を書かねばならないかのように読む。四十五分の制限時間を設けて、たったひとつの不当な質問に答えるために。継父の本を、どのように読むか？

フリアンの小説はあまりに短くて、読むのに三十分もかからないだろう。だがダニエラは、ページの途中で読むのをやめてコーヒーを淹れたり、コーヒーができたか見に行ったり、コーヒーをカップに注いだり、それから一口飲むごとに間を取って、一口飲むたびに天井を見上げたり、煙草に火をつけたりし、そして一服するたびに、また読むのをやめる。防音パッチを取り替えるために、本を読むのを後回しにしさえする。コーヒーをすする音や煙草の煙を吐く音を聞くには、沈黙が必要なのだ。窓から差し込む光のなかに広がる煙草の煙を観察するには、沈黙が必要なのだ。

彼女は退屈しない。あるいはあまり退屈しない。本のなかに自分自身の何かを、遠い過去、確かに生きたはずなのになかなか思い出せない時代のきらめきを見いだせるのではないかと期待する。彼女には幼いころの記憶がない。自分の一生を語ることはできないだろう。記憶が通り、また通り過ぎる、いくつかのむき出しの場面が、かろうじて残っているだけだ。それらは痕跡、残りかすだ。かなりの努力をしなければ、物語を、人生をつくり上げることができないほど小さなかけら。

だが彼女は探す、己を探す。一つの段落から次の段落までに、数日、数週、数か月が過ぎていたかもしれない。おそらく彼女は、フリアンが書いている最中に突然そこに入り込み、そのせいで生まれたある一文、あるいは少なくとも一語が本のなかに残ったかもしれない。だから彼女はいくつかの箇所に印をつけていく。気に入った箇所ではなく、たぶん彼女が口にし、フリアンが盗み、真似したと思われる文章だ。自分自身の言葉がその本のなかに息づいているという錯覚に、ダニエラは喜び、夢中になる。


それは特別変わったところのないラブストーリーだ。二人の人物が無邪気に自分たちの意志でパラレルワールドをつくり出し、それはもちろんすぐに崩壊する。凡庸で子供っぽいその愛の物語に、彼女は自分の身の上を重ね合わせる。狭いアパート、中途半端な真実、機械的な愛の台詞、臆病、熱狂、一度は破れ、のちに取り戻した夢——上っては下りるが、去ることもなく留まることもない人々の運命の突然の変転。やってこない啓示を予感させる素早い言葉。

パラレルワールドなど存在しない。ダニエラにはそれがよくわかっている。彼女は凡庸を耐え忍んできた。私はあらゆる覚悟ができている、というのが何年か前のお気に入りの台詞だった。そしてそれは真実だった。彼女にはあらゆる覚悟が、どんなことでもする覚悟が、人が自分に与えようとするものは何だって受け取る覚悟が、言うべきことは何だって言う覚悟ができていた。言いたくないことを言っている自分自身の声を聞く覚悟だってできていた。だがもはや違う。今はもうあらゆる覚悟はできていない。今は自由だ。

ダニエラは本を読み終えると、すぐに自分で印をつけた箇所に戻る。自分の言葉、自分自身をそこに探すが、見つからない。彼女はその本のなかにいない。消えてしまった。そしてその不在にがっかりはしない。安堵と失望の入り混じった気持ちで本を閉じる。彼女の人生は変わっていない。たぶん明日、この印象を確かめるためにもう一度この本を読むだろう。だがもう橋には行かないし、現在、過去、未来に意味を与えてくれるどんな物語も思い出すことはないのだ。いかさまはしたくない。彼女の人生は変わっていない。彼女にわかるのは、それ以上でもそれ以下でもない。彼女が残念に思うのは、それ以上でもそれ以下でもない。

継父の小説を読むのは、父の小説を読むよりも簡単なのだろうか？　彼女はきっと、庭のことや、独り言を言う女たちのこと、遠くの大通りでパンクしたタイヤを交換する女のことを考えるべきなのだろう。病んだ木々の脆い美しさについて考えるべきなのだろう。倒れたテントだらけの公園を想像するべきなのだろう。湿った部屋の壁四面に閉じ込められた男の、自分にやってきた文章を口にするのを諦めてしまった男の孤独に、思いを馳せるべきなのだろう。

フリアンは彼女に、木々についてのお話を、ときどき彼が好んで用いたあのもったいぶった教師のような口調で九九を暗唱して二人が過ごしたくねくねした時間のことを、覚えていてほしかったのかもしれない。フリアンはダニエラに、本を読み終えたあとで自分のことを思い出してほしかったのかもしれない。だがそうではない。記憶とはいかなる逃避でもない。残るのはただ、もはや存在しない通りの名前を弱々しく呟く声だけだ。

もう夜だ。

ダニエラは防音パッチをはずす。人々の足音や犬の鳴き声、車のクラクションや防犯べル、近所の人々の話し声を聞きながら眠りにつきたいからだ。子供のころ、フリアンが本を読み、母が絵を描いているあいだ眠ったふりをしていた自分自身のことを思う。だんだんと眠気に襲われていく。

今、彼女は眠る。眠っている。

Ⅱ

冬

伏せられた本としての人生

ジョン・アシュベリー

体育の先生がナチスなの、とダニエラが言った。

彼らは家にあった唯一の傘を一緒にさし、水たまりをよけながら慎重に歩く。今度ばかりはタクシーで行ったほうがよかったかもしれないが、フリアンはいつもどおり七ブロックの道のりを歩くことにした。彼はダニエラに、ちょっとした遊びのつもりで、頭のなかで歩数を数えながら黙って行こうと提案したばかりだ。学校に着いたら何歩だったか教えて、僕の歩数も教えるから、そうすれば同じ歩数を歩いたかどうかわかるだろう。

だがダニエラは歩数を数えて遊びたくはない。彼女がしたいのは、彼女いわくナチスである という体育教師の話をすることだ。フリアンは、体育教師やあまりにスポーツマン的な人種を嫌っているのだが、ここはその教師をかばい、第二次大戦や第一次大戦、さらにはロシア革命までの流れを、自分でもわからないなりにかいつまんで説明せざるをえなくなる。体育の先生はナチスじゃないよ、と彼が言って話のまとめにとりかかったところで、一台の車が水をはね上げ、二人はすんでのところでしぶきをかわす。先生はいい人なんだ、とフリアンは繰り返す。もしかすると度を越していて、腹筋ばかりやらせるのかもしれないけれど、それは彼の仕事なんだから。

体育の先生になろうと思ったことある？

ないよ。

グリーンピースに入ろうと思ったことは？

ない。

飛行機のパイロットになろうと思ったことは？

ない。

何か今とは違うものになろうと思ったことは？

君はいつだって今とは違うものになりたがるんだね、ダニエラ、と彼は答える――ダニエリータ、あるいはダニと呼びかけようとしたが、ダニエラと言った。いつだって今の自分に満足できないんでしょ。すっかり満足してるなんていうのはおかしいんじゃないかな。僕は子供のころ、お医者さんになりたかったんだ、子供はみんなそうだろう。子供はみんなお医者さんになりたがる。

わたしはいやよ。お医者さんになんかなりたくない。わたしの友だちは誰もお医者さんになんかなりたくないわ、つまらないもん。お金は稼げるけど、つまらないもん。

実のところ、フリアンが医者になろうと思ったことなど一度もない。ダニエラの質問の嵐をかわそうととっさについた嘘だ。彼はダニエラをかばうように横を向いて歩き、よき父、よき継父、よき兄、何でもいいが、そういう役割に自分を合わせようとする。医者になろうと思ったことは一度もないし、ましてや体育の教師など考えたこともない。文学の教師になろうと思ったことすら一度もない。なりたかったのは——なりたいのは——作家だが、作家になるということは、厳密に言うと何かになることではないのだ。

激しい雨が降っている。雨の日に七ブロックの道のりを歩けば、たくさんの会話ができる。百歩、千歩と歩くうちに、言葉が素早く、目まぐるしく行き交う。

朝の八時までまだ十分ある。今から一時間ほど前、フリアンは、未来はここから始まるべきだと心に決めた。また新しい一日が始まったのだと彼は思い、コーヒーを淹れ、顔をいつになく念入りに洗った。まるで自分自身を傷つけようと、あるいは自分を消し去ってしまおうとするかのように、何度も何度も、過剰なほどごしごしと擦った。その後、何分かかけて、普通の一夜の舞台装置をつくり上げていった。二人の人間が寝ていたかのようにシーツと毛布をもみくちゃにし、キッチンに戻ってコーヒーを二杯用意すると、一杯を飲み干し、もう一杯を半分飲んだ。トーストをかじり、娘のためにチョコレート入りのミルクを用意した。

そのあと音楽をかけようと思った。もう何年も聞いていなかったアテルシオペラードスのCDを探した。だが見つからなかった。そこでラジオをつけた。右翼の大統領候補で、どちらかと言えば左翼の大統領候補のように思える男のインタビューが流れていた。国民は愚かではありません、彼らは私が味方であることを知っています、とその声は言っていた。彼は、まずゼロから始めて百万、二百万、何千何百万を目指すことを約束していた。声にメリハリを利かせ、前もってしっかり準備された耳触りのいい言葉を繰り出していた。アナウンサーがインタビューを終え、今日は一日じゅう雨になるでしょうと言った。

いいニュースですね、この雨がサンティアゴの空気を洗い流してくれるでしょう、とそのアナウンサーは言った。

フリアンは、まるで自分も世界に加わろうとするかのように窓辺に近づき、たしかに雨が降り始めていることを知った。もうじき地平線の彼方に山脈がふたたび現われるだろう。そして彼は玄関のドアを開け、内側からまた閉めた。乾いた、とても鋭い音がして、その音が十秒ほど、彼の耳のなかで響いた。そのあと彼は言った。叫んだ。さよなら、愛しい人、どうか元気で。

彼は娘の部屋に行き、彼女を起こすと、お母さんはプエンテ・アルトで朝早くから会議があってもう出かけてしまったと説明した。プエンテ・アルトがものすごく遠いことは知っているよね、と彼は言い添えたが、娘は納得しない様子で、あれこれ尋ね、もっと詳しく話してとせがみ、フリアンはそれに対して完璧に答えていった。ダニエラがしそうなあらゆる質問を、一晩中考えていたからだ。準備は万端だった。そして彼は娘に言った。さあ、ミルクを飲みなさい、ダニ、お風呂に入って、着替えをして、もう時間がないぞ。

いつものように、彼女はぐずぐずと青いベストを探し、それからわざと時間をかけて風呂に入った。これにはベロニカがよくいらいらしていたものだが、今度はフリアンが憂鬱な驚きを味わう番だった。遅れることとは日常の特性、すがるべき安定したイメージだった。

彼らは雨のなかを頼りない足取りで歩く。残りの道は直線で、もうそこには学校と、角に建つ家が見えているが、その家ではいつも四匹のとても小さい滑稽な犬が怒り狂って激しく吠える。雨に濡れて猛り狂った四匹の犬に、ダニエラが、白い顔の唇のあいだから冷たい息をそっと吐いて声をかける。

校舎の入口に着く直前で、英語の教師が二人に追いつく。あなたとお話ししたいことがあります、今すぐに、と、まるでひどい雨のなかを追いかけたあげく、道の真ん中で呼びとめて話をするのがごく自然なことであるかのように、うわべだけ丁重な口調で声をかける。フリアンの返事も待たず、彼女は英語の授業でダニエラがうわの空だという話を切り出す。お嬢さんには態度を改めてもらわないと、落第する危険もありますからね、と先生は強い口調で宣告する。フリアンは、憎しみと恥ずかしさの入り混じった目で彼女を見つめる。

うちの家族の信条なんです、と不意のわずかな沈黙のあとでフリアンが答える。うちは英語が嫌いなんです。うちは反帝国主義、左翼なんです、と彼が言うと、ダニエラの顔に共犯者めいた笑みが浮かぶ。だが先生はなおも主張する。あなたとあなたの奥様とすぐにでもお話ししたいのです、と言い、それからすぐ、義務とか、厳しさとか、根気とかいった話をする。今度の水曜日、午後四時に職員室でお待ちしています。フリアンは機械的に頷くと、時刻と日付と場所がそれぞれ、記憶のなかでどの位置に収まるかを確かめるかのように、声に出して繰り返す。今度の水曜日、午後四時、職員室で。先生はようやく、大勢の子供や親や傘がひしめくなかに姿を消す。

フリアンは決然と、愛をこめて、ダニエラの手を取る。これから英語を勉強しなくちゃいけないね、と彼は言う。そうね、フリアン、でももう授業に行かなくちゃ、とダニエラが答える。そして彼は娘を見つめ、キスをし、行かせてやる。

二〇〇六年六月十一日　サンティアゴにて

訳者あとがき

私たちは生きているあいだにさまざまな別れを経験する。身近な人の死。恋人との別れ。あるいは誰かの不意の失踪。そして最後は私たち自身がこの世とお別れする。人の死には葬儀、すなわち共同体による故人の追想と忘却を目的とした儀礼が伴う。いっぽう、さまざまな理由から個人的に別れざるをえなくなった相手に関して、私たちはその記憶を整理する機会を逸しがちだ。心の奥底に澱のように溜まった不在の人のイメージは、時々きらめく粉のように舞い上がって私たちを不安にさせるが、いざ掬いあげようとしても、そのイメージが元の形になることはもう永久にない。

そんなときは誰もが言いようのない深い悲しみに襲われる。

文学、特に小説は、このような他者との別離に伴う心の揺らぎを、創作の貴重な手がかりとしてきた。ここに紹介した『盆栽』と『木々の私生活』は、そのテーマを小説化するのに見事に成功した例と言えるだろう。

アレハンドロ・サンブラは、一九七五年、チリの首都サンティアゴに生まれ、現在もその地に暮らしている。

本書に収めた二作品の主要な舞台であるサンティアゴは、東に雄大なアンデス山脈を望む盆地に広がる、緑豊かな人口五〇〇万の都市だ。チリ国民は、全般に勤勉で物腰穏やかであると言われる。これは個人的な印象だが、車が歩行者に気を遣ってくれるのは、ラテンアメリカではこの国くらいではなかろうか。政治も、一九七三年から十六年続いた不幸な軍政時代を除き、左右の程よいバランスが保たれ、比較的安定している。サンティアゴの中心街には、主要大学の名をもつ三つの地下鉄駅があり、界隈はそれこそフリオやフリアンのような大勢の若者たちであふれている。彼らが週末に飲むのは、ピスコというグラッパやマールに似た葡萄の蒸留酒だ。

チリはスペイン語圏だが、彼らの発するスペイン語はキューバのそれと並んで（少なくとも私のような第二言語話者にとって）実に聞き取りにくいものである。もっとも、少し慣れてくると、彼らの人柄も相まって、聞き心地のよいスペイン語に思えてくるから不思議なのだが。もちろんチリ特有の語彙も多々あって、これに関しては、『盆栽』でエミリアが「セックスする」という意味の動詞をあれこれ言い換えるあたりが面白おかしい。

チリは詩とワインの国だ。日本ではワインこそ知られているが、不幸なことに詩はそうでもない。ガブリエラ・ミストラルとパブロ・ネルーダという二人のノーベル賞詩人、前衛の巨匠ビセンテ・ウイドブロ、『盆栽』のエピグラフで引用されているゴンサロ・ミジャン、何度か言及されるエンリケ・リン（ちなみに七四ページでフリオが挙げている男女名〈ワチョとポチョーチャ〉とは、リンが二十五歳のときに書いた短篇小説の主人公。この短篇は、リンの死後二〇〇五年にアンソロジーに収められ、チリの若者たちのあいだでカルト的人気を博した）、あるいはニカノール・パラといった著名な詩人たちを輩出した。また、本書中で歌詞が引用されている国民的歌手ビオレタ・パラ（ニカノールの姉）や、『木々の私生活』の回想シーンに登場するフリアンの母のように、ギターを手に即興で十行詩を歌う伝統が国民のあいだに今も息づいている。

サンブラもまずは詩を書くことから出発した。これまでに二冊の詩集を刊行しており、『木々の私生活』のエピグラフで引用されている詩人仲間アンドレス・アンバンテルらと、今もなお詩作活動を続けているそうだ。二〇〇六年に初の小説『盆栽』を発表、極限まで切り詰められた風変わりな文体による独自の文学世界が、チリをはじめスペイン語圏の、特に若い読者のあいだで大きな反響を呼んだ。(なおこの小説はチリで二〇一一年に映画化され、同年のカンヌ映画祭にも出品された。)二〇〇七年には第二作『木々の私生活』を発表、前作同様の簡素かつ濃密という斬新な小説世界をさらに発展させ、読者層を拡大する。二〇一一年には私小説的な色を濃くした第三作『家に帰る方法』を発表。さらに二〇一三年末には初の短篇集を刊行予定だ。今どきのラテンアメリカ作家らしく海外へは移住せず、サンティアゴで大学講師をしながらマイペースに執筆を続けている。

『盆栽』は、サンティアゴに住む作家志望の青年フリオを軸に物語が進む。

サンブラの分身と思しきフリオには、学生時代、エミリアという恋人がいた。冒頭でそのエミリアの死が明かされるが、語り手は小説の成り立ちそのものにしばしば言及し、最初から小説全体がエミリアの死をめぐる前後譚であるという見取り図が提示される形となっている(この不思議な文体が本作の大きな魅力のひとつである)。

章ごとにフリオとエミリアの関係者が登場する。エミリアの友人アニタ、その夫アンドレス。現在のフリオの恋人マリア。フリオが原稿の清書のアルバイトをすることになった作家ガスムリ(ただしアルバイトを始める前に解雇される)。こうした人々が、徹底的に淡白な人間関係のなかで孤立した思いをそれぞれ抱えていることが、語り手によって少しずつ明らかにされてゆく。

また、登場人物どうしのちぐはぐな関係に重ね合わせるようにして、アルゼンチンの前衛作家マセドニオ・フェルナンデスによる短篇小説「タンタリア」、そして作家ガスムリが書く予定の小説をフリオ自身がそれに成り代わって書く小説「盆栽」の着想などが挿入され、それらが物語のＢＧＭのように機能している。

『木々の私生活』の文体も、『盆栽』のそれに酷似している。

主人公は、大学で教えるかたわら小説を書いている男フリアン。彼は離婚歴のあるベロニカに恋し、彼女と結婚、その娘ダニエラと三人で暮らしている。第一章では、ある晩、ベロニカが絵画教室からなかなか帰らず、その間、フリアンが義理の娘ダニエラに自作の童話を読み聞かせながら、結婚まで至る経緯をとりとめもなく回想してゆく。プルースト的な意識の流れが四方八方へ脱線してゆく詩的な文体であるが、分散しがちな物語を、フリアンが即興で語る『木々の私生活』が絶妙のタイミングで繋ぎ止めている。

面白いのは、フリアンの本当の名前は「フリオ」だったにもかかわらず、戸籍係の手違いで「フリアン」とされてしまったというエピソードだ。また、娘の将来をフリアンが想像していくうちに、大人になった娘のダニエラが、売れない小説ばかり書いていた継父のことを回想するという展開である。極端に短い第二章で、再び現在に話が及ぶため、読者はうっすら事情を察することはできるのだが、完全な仔細は明らかにされぬまま、「未来とはダニエラの物語だ」という言葉どおり、フリアンはダニエラとの新しい一日を歩み始める。

両作品に共通する特徴は、まさに題名にもなっているその「植物性」にある。どちらかと言えば複雑で濃密な物語世界を構築する路線が主流だったラテンアメリカで、かくも淡々とした人間関係を描いてしかも繊細で魅力ある世界を構築しているのは、このサンブラを置いて他に見当たらない。その意味でも稀有な小説である。サンブラはこの二作において、木々、すなわちそれ自体では孤立している個人が、どこかでつながりを求めて枝や葉を揺らすさまを静かに描いているのである。

ところで、チリ人にとって十六年間の軍政とどう向き合うかは、今なお切実な問題である。日本でも名の知られたホセ・ドノソ（一九二五―九六）、イサベル・アジェンデ（一九四二―）といった大御所作家は亡命の道を辿り、形は違えども、その作品のいくつかで軍政を批判している。一九五三年生まれのロベルト・ボラーニョは、一九七三年、二十歳で〈チリの九・一一〉（ピノチェト将軍によるクーデターが起きた日）に遭遇した。その後、より巨大でグローバルな悪を幻視し始めることになるとはいえ、七三年が彼のなかで癒しがたい傷となっていたことは間違いない。いっぽう、〈九・一一〉を知らずに生まれてきたサンブラの世代にとって、軍政とは、すでにそこにあった日常だ。

『木々の私生活』のなかで、フリアンが子供時代のことを回想して、夜間外出禁止令が出た夜に家族でゲームに興じたことを思い起こす場面があるが、これはひょっとするとサンブラ自身の幼いころの生活で実際にあったことなのかもしれない。また、学生時代を回想する場面では、仲間たちが皆、家族の誰かが亡くなった話をしていたとあるが、これも軍政時代に多かった、政治的理由による行方不明者《デサパレシードス》を思わせる。一九八四年、つまりフリアンがロサンゼルス五輪の輝かしいイメージと共に思い出すのは、そのような暗い軍政時代の末期なのである。『木々の私生活』では、帰らない妻ベロニカが戻るまで、あるいは戻らないとフリアンが悟るまでこの物語は続くという一文が作中にしばしば現われるが、ある種の失踪と呼んでもいいこの事態に、おそらくチリの読者たちは軍政時代のさまざまな「ある日いなくなった人々」をも重ね合わせるのだろう。

それにしてもサンブラの文体は異様だ。彼は『盆栽』の文体について、あるエッセイのなかでこう述べている。〈書くことは盆栽の世話をするのと同じだと今は思う。枝を摘み取ってゆき、すでにそこに隠されていた形を浮かび上がらせるのだ。〉ちなみにこれは『木々の私生活』の一一五ページでフリアンがやっている作業そのままだ。盆栽というより、なにか仏像の彫刻を思わせる驚きの小説作法であるが、作家はみな饒舌というDNAをもって生まれついたのではないかと思わせるスペイン語小説の伝統にあっては、ある意味で異色の小説観であると言えるだろう。

実は、サンブラ自身は短い小説より大長篇が好きだという。『盆栽』を読めば分かるようにプルーストの大ファンでもあるし、実現には至らなかったが、一度〈長い小説フェスティバル〉なる珍妙な催しまで企画したらしい。講師をしている大学でも無理をしてジョイスの『ユリシーズ』を読んだり、また私生活でもマンの『魔の山』を持ち歩いたり、さらにボラーニョの『２６６６』を読むため授業を休講にして、しばらくひきこもり生活を送ったというほどだ。

サンブラの読書歴は多岐にわたるが、軍政下の環境もあってか、子供のころはチリの文学しか読んだことがなかったという。それが変わるのは軍政が終わった直後の九〇年からで、これについては本人がこう述べている。〈九〇年代初頭、亡命者の文学や、ラテンアメリカ、アメリカ、ヨーロッパ、日本の小説が一気に目の前に現われたとき、僕たちは自国の作家を外国の作家であるかのように、外国の作家を自国の作家であるかのように読んだ。三島由紀夫は僕たちにとってのセベーロ・サルドゥイだった。セサル・バジェホは僕たちにとってのパウル・ツェランだった。マセドニオ・フェルナンデスは僕たちにとってのロレンス・スターンだった。レイモンド・カーヴァーは僕たちにとってのレイモンド・チャンドラーだった。エミリー・ディキンソンは僕たちにとって最初の恋人になった。そしてボルヘスは僕たちにとってのボルヘスだった。〉このなかでマセドニオ・フェルナンデスの名が挙げられているが、『盆栽』でフリオとエミリアが読む、このアルゼンチンの前衛作家の短篇「タンタリア」は、実際にボルヘスらが編んだアンソロジーに収められている、奇妙な、忘れがたい一品だ。

私たちが何よりも気になるのは、彼の日本文学に対する関心である。

これについてサンブラ本人に訊いたところ、芥川龍之介、夏目漱石、三島由紀夫、大江健三郎、安部公房あたりが翻訳で読んだ好きな作家で、いっぽう村上春樹はごく一部を除いてあまり興味がないそうである。しかしながら彼のエッセイを読んでいると、一番のお気に入りは谷崎潤一郎（特に『少将滋幹の母』）のようだ。

それと『盆栽』のエピグラフで引用されている川端康成。これは、小説『美しさと哀しみと』の一節である。妻子がいる初老の小説家と、彼が若いころに関係を持ち、のちに日本画家となった音子との愛憎を中心とする物語で、未読の方にはぜひとも一読を勧めたい。なぜなら、主人公の小説家がかつて愛した女についての小説を書くという設定、またその画家が「音子（オトコ）」という名である点、音子と弟子のけい子とのレズビアン的な関係など、この小説のすべてがサンブラに何らかの形でインスピレーションを与えていることは確実であるからだ。川端の小説を読んだうえで、もう一度じっくりと本書を読み返していただけば、きっと日本の読者ならではの意外な発見が待っているだろう。

私が『盆栽』の原書を取り寄せたのは、チリ帰りのゼミ生に話を聞いたのがきっかけだった。なんと薄っぺらい本だ、としばらく放置していた。その後、同僚の長谷川信弥教授からスペイン土産に『木々の私生活』の原書をいただき、そこで初めて二冊を合わせて読み、突如として、サンブラは私のなかの要チェック作家へと昇格した。白水社から翻訳が出ることが決まった後の二〇一二年、出張中だったサンティアゴの路上で、関西で語学講師をしているミルトン・アギラールとばったり出会い、立ち話ついでに教えてもらった素敵な書店〈メタレス・ペサードス〉（「重金属」の意）で店主のセルヒオ・パラと、川上弘美や小川洋子について立ち話をしている最中、サンブラの話題になって、その夜、店主と知り合いだった彼を交えて食事することになった。ワインとピスコを痛飲したせいか話したことはほとんど忘れたが、フリオ・ラモン・リベイロというペルーの作家が好きだというので話が合ったことだけは忘れられない。（ちなみに小説の題に反して、サンブラは肉食の野菜嫌いであった。）

最後に、『盆栽』のエピグラフの引用については川端康成『美しさと哀しみと』（中公文庫）を、同じく『盆栽』本文のプルーストの引用についてはマルセル・プルースト『失われた時を求めて』（井上究一郎訳、ちくま文庫）を使用させていただいた。また『木々の私生活』で引用されているビオレタ・パラの歌は *La Jardinera*（庭師の女）といい、これも入手可能な方はぜひ取り寄せて歌詞を味わっていただきたい。翻訳にあたっては、今回も白水社編集部の金子ちひろさんに最後まで手厚く御世話になった。また、東京外国語大学博士課程の金子奈美さんには訳語の細かなニュアンスの見直しに協力いただいた。御礼申し上げる。

訳者略歴
一九六八年生　大阪大学言語文化研究科准教授
ラテンアメリカ文学研究
訳書にボラーニョ『通話』（白水社）など

〈エクス・リブリス〉
盆栽／木々の私生活

二〇一三年八月一五日　印刷
二〇一三年九月五日　発行

著者　アレハンドロ・サンブラ
訳者 ©　松《まつ》本《もと》健《けん》二《じ》
発行者　及川直志
印刷所　株式会社三陽社
発行所　株式会社白水社

東京都千代田区神田小川町三の二四
電話　営業部〇三（三二九一）七八一一
　　　編集部〇三（三二九一）七八二一
振替　〇〇一九〇-五-三三二二八
　　　郵便番号　一〇一-〇〇五二
http://www.hakusuisha.co.jp
乱丁・落丁本は、送料小社負担にてお取り替えいたします。

誠製本株式会社

ISBN978-4-560-09029-9

Printed in Japan

通話

ロベルト・ボラーニョ
松本健二訳

スペインに亡命中のアルゼンチン人作家と〈僕〉との奇妙な友情を描く「センシニ」をはじめ、心を揺さぶる14の人生の物語。ラテンアメリカの新たな巨匠による、初期の傑作短篇集。《エクス・リブリス》

野生の探偵たち（上・下）

ロベルト・ボラーニョ
柳原孝敦、松本健二訳

謎の女流詩人を探してメキシコ北部の砂漠に向かった詩人志望の若者たち、その足跡を証言する複数の人物。時代と大陸を越えて二人の詩人＝探偵のたどり着く先は？　作家初の長篇。《エクス・リブリス》

2666

ロベルト・ボラーニョ
野谷文昭、内田兆史、久野量一訳

小説のあらゆる可能性を極め、途方もない野心と圧倒的なスケールで描く、戦慄の黙示録的世界。現代ラテンアメリカ文学を代表する鬼才が遺した、記念碑的大巨篇。各紙誌で絶賛！